Weltenraum

Über das Buch

Die Kurzgeschichtensammlung des Kölner Autoren Dirk Mengwaßer beinhaltet einen spannenden Mix aus Abenteuer, Action und Fantasie.
Reisen Sie mit dem interplanetaren Kreuzfahrtschiff *Dusty Stars* zu den äußeren Planeten des Sonnensystems. Aber Vorsicht: Piraten lauern hier draußen überall.
Oder blicken Sie der jungen und aufmüpfigen Studentin *Lukretia* über die Schulter, die zum wiederholten Male dazu verdonnert wird, die Außenhülle einer orbitalen Mondstation zu reinigen.
Außerdem erfahren Sie, wie das schwarze Loch *Ghontas Grab* zu seinem Namen kam.
Und zu guter Letzt begleiten Sie den havarierten *Clive* bei seinem Versuch, seinen Verfolgern zu entkommen und seinen Clan vor dem sicheren Tod zu bewahren.

Über den Autor

Dirk Mengwaßer wurde 1977 in Köln geboren und arbeitet als kaufmännischer Angestellter.
Seine Leidenschaft für Science-Fiction wurde bereits im Kindesalter geweckt.
In den 1990ern entstand die erste Idee zu einer eigenen Science-Fiction-Geschichte.
Doch erst durch den Impuls einer persönlichen Lebenskrise brachte er sein erstes Buch *Desturia* zu Papier.
Gegenwärtig arbeitet er an seinem zweiten Roman.

Dirk Mengwaßer

Weltenraum

*Bibliografische Information der Deutschen National-
bibliothek:*
*Die Deutsche Nationalbibliothek verzeichnet diese Pu-
blikation in der Deutschen Nationalbibliografie; de-
taillierte bibliografische Daten sind im Internet über
http://dnb.dnb.de abrufbar.*

*Herstellung und Verlag: BoD – Books on Demand,
Norderstedt*

ISBN: 978-3-7534-4504-5

Inhaltsverzeichnis

Dusty Stars

Ein dumpfer Knall riss ihn aus dem Schlaf. Die gesamte Schiffshülle hallte nach, als ob ein Riese mit eiserner Faust dagegen gehämmert hätte. Das Bett vibrierte leicht. Träumte er nur, oder war etwas passiert? John schaute rüber auf Bernadettes Seite. Sie schlief noch tief und fest. So friedlich und sanft ging ihr Atem. Eine braune Haarsträhne fiel ihr in die Stirn, der schmale Mund war zu einem angedeuteten Lächeln verzogen. Scheinbar hatte sie einen süßen Traum, aus dem sie jedoch jäh von dem nun einsetzenden Alarm gerissen wurde.

Erschrocken öffneten sich ihre glasgrünen Augen und blickten John irritiert an. "Was ist los?", fragte sie ihren frisch angetrauten Ehemann, mit dem sie an Bord des Luxusliners Dusty Stars eine Kreuzfahrt zu den äußeren Planeten des Sonnensystems machte. Ihre Flitterwochen sollten etwas ganz Besonderes werden, daher hatten sie zum ersten Mal eine Reise in den Weltraum angetreten.

"Ich weiß es nicht." Irritiert wanderte Johns Blick zum Kabinenfenster, durch das ein bläulicher Schimmer hereinfiel. Er runzelte die Stirn. "Es scheint, als seien wir in einem Kraftfeld gefangen." Noch bevor er den Satz beendet hatte, war er aufgestanden und zum Fenster gegangen.

Bernadette schaute ihm nach. "Sind es Piraten?" Ihre Stimme zitterte leicht vor Angst.

John fixierte das Schiff, in dessen Würgegriff der Luxusliner gefangen war. Aber mit bloßem Auge konnte er nicht viele Details erkennen. Jedoch schien ihm dieses stählerne Monster da draußen zu groß für ein Piratenschiff.

"John? Sind es Piraten?"

John blieb seiner Frau weiterhin eine Antwort schuldig. Er tippte auf der Steuerkonsole unterhalb des Fensters ein paar Befehle ein und schon erschien eine projizierte Vergrößerung des Angreifers auf dem Display. Es war ein schwerer Kreuzer mit den militärischen Insignien des Mars. Unter der Abbildung des zigarrenförmigen, waffenstarrenden Ungetüms flackerten ein paar technische Daten zur Roten Rächer auf, die John aber ignorierte.

"Achtung eine wichtige Durchsage", plärrten die bordinternen Lautsprecher, während zeitgleich der Alarm verstummte, "wir befinden uns im Fangstrahl eines marsianischen Kreuzers und werden jeden Moment geentert. Bitte behalten Sie Ruhe und bleiben Sie in Ihren Kabinen. Ihnen wird nichts geschehen. Der Kapitän der Roten Rächer hat den Zivilpersonen an Bord freies Geleit zugesichert."

John eilte zum Notfallschrank und holte die beiden elastischen Raumanzüge heraus. Einen warf er Bernadette aufs Bett, den anderen begann er sofort selbst anzuziehen. "Zieh den Anzug an! Schnell, wir müssen hier weg!"

"Aber John, du hast doch gehört, wir sollen die Kabine nicht verlassen, dann geschieht uns nichts."

"Was immer die Streitkräfte des Mars mit dieser Aktion bezwecken wollen, glaube ich kaum, dass sie sich dabei Zeugen erlauben können. Die politische Situation ist auch so schon angespannt genug. Wenn wir hier bleiben, sterben wir!"

Bernadettes Kiefer klappte auf. Sie brachte keinen Ton heraus. Wenn John recht hatte, dann bedeutete das ... So schnell sie konnte, zog auch sie nun ihren Anzug an. Sie bibberte am ganzen Körper.

John kam zu ihr herüber und nahm sie zärtlich in die Arme. "Keine Angst, ich bin bei dir!" Seine blau-grünen Augen schauten sie liebevoll an. Und er versuchte ihr mit einem aufmunternden Lächeln Mut zu machen. "Ich habe am Design dieses Schiffes mitgearbeitet und ich habe auch schon eine Idee, wie wir hier raus kommen." Sein Gesicht strahle eine Sicherheit aus, die Bernadette augenblicklich beruhigte. Er gab ihr einen sanften Kuss, dann stülpte er sich den Helm über seinen schwarz gelockten Haarschopf.

"Ich liebe dich", wisperte Bernadette und drückte John noch einmal ganz fest an sich. Danach zog auch sie ihren Raumhelm an. Das kleine Display im rundum transparenten Helm zeigte an, dass der interne Speicher des Anzuges einen Sauerstoffvorrat für eine Stunde hatte. "John, wir haben nicht viel Sauerstoff." Bernadettes Stimme drang kaum zu Johns Ohren durch. Die Abschirmung der beiden Helme war zu stark. Mit Handzeichen verständigten die beiden sich auf einen Funkkanal.

"Bernadette? Kannst du mich hören?"

"Ja."

"Gut, stell die Leistung deines Funkgerätes auf die niedrigste Einstellung. Mit etwas Glück werden unsere Signale dann nicht geortet."

Sie nickte zur Bestätigung und gab der, im Helm eingearbeiteten, künstlichen Intelligenz den entsprechenden Befehl. Nachdem die KI ihr die Rückmeldung gegeben hatte, dass die Leistung des Funktransponders gedrosselt wurde, machte sie John noch mal auf ihren geringen Sauerstoffvorrat aufmerksam.

"Ich weiß. Wir müssen runter zum Wartungshangar. Da können wir uns zwei Raumtornister schnappen und das Schiff verlassen."

"Du willst das wir das Schiff in unseren Raumanzügen verlassen? Und dann treiben wir tagelang im Weltraum, um zu ersticken? Dann können wir auch gleich hier bleiben."

"Ich habe nicht vor, da draußen vor die Hunde zu gehen. Ein Überlebenstornister hat Nahrungs- und Sauerstoffvorräte für gut zwei Wochen. Sobald die beiden Schiffe außer Reichweite sind, senden wir ein Notsignal. Mit etwas Glück empfängt eines der Minenschiffe im nahen Asteroidengürtel unseren Notruf."

"Mit etwas Glück", wiederholte Bernadette fassungslos und schüttelte langsam den Kopf, "Können wir nicht eine der Rettungskapseln nehmen?"

"Glaub mir Schatz, das wäre mir auch lieber. Aber mit einer Kapsel könnten wir niemals unbemerkt entkommen. Die Rote Rächer würde uns mühelos in unsere Atome zerlegen. Die Flucht im Anzug ist die einzige Möglichkeit."

John sah Bernadettes verzweifelten Gesichtsausdruck und wünschte sich nichts sehnlicher, als ihr die kommenden Gefahren ersparen zu können. Doch wenn sie leben wollten, mussten sie das unabwägbare Risiko eingehen. John verschwieg seiner Frau, dass sie nicht so nah am Asteroidengürtel waren, wie er ihr Glauben machen wollte. Die Zeit würde sehr knapp werden, vorausgesetzt ihr Signal kam überhaupt durch. John ging noch einmal ans Fenster. Er konnte schon ganz deutlich die Enterfähre der Marsianer sehen, die kurz davor war am Shuttlehangar vier Decks über ihnen anzudocken. Sie mussten sich beeilen, wenn sie es noch schaffen wollten.

"Okay, bist du so weit, Bernadette?"

"Nein. Aber was ändert das schon? Lass uns gehen."

John nickte ihr kurz zu, stapfte zur Tür und öffnete sie. Er blickte sich zu seiner Frau um, die bereits auf dem Weg zu ihm war. Dann trat er hinaus in den Gang, darauf bedacht genug Selbstsicherheit auszustrahlen, um damit seiner verängstigten Frau Hoffnung zu geben. In guten wie in schlechten Zeiten hatten sie sich letzte Woche geschworen. Doch warum mussten die schlechten Zeiten nur so schnell kommen?

Der lange Gang war hell erleuchtet und menschenleer. Die holzvertäfelten Wände wurden in regelmäßigen Abständen von den verschlossenen Kabinentüren unterbrochen. Außer John und Bernadette waren, zumindest auf diesem Deck, alle Passagiere der Aufforderung des Kapitäns gefolgt.

Zielstrebig steuerten die beiden den Hyperlift an, der am Ende des Flurs lag. Doch kurz bevor sie dort ankamen, wurde das ganze Schiff von einer heftigen Explosion durchgeschüttelt. John verlor den Halt und fiel hin. Bernadette konnte sich gerade noch an der Wand abstützen.

Genau, wie John vermutet hatte; friedlich würde die Übernahme des Schiffes nicht vonstattengehen. Das helle, angenehme Licht erlosch und machte, nach einer Sekunde völliger Dunkelheit, der rot schimmernden Notbeleuchtung platz. Ein kurzer Alarmton schnitt grell durch den grollenden Nachhall der Explosion, gefolgt von einer automatischen Durchsage: "Achtung! Hüllenschaden! Bitte legen sie sofort ihre Notfallausrüstung an! Bleiben sie in Ihren Kabinen und behalten Sie Ruhe! Weitere Anweisungen erfolgen in Kürze."

John rappelte sich blitzschnell auf und lief zur Steuerkonsole des Fahrstuhls. "Verdammt!", fluchte er laut, als er die rote Statusmeldung las; außer Betrieb. Erdmännchengleich schaute er sich um, auf der Suche nach dem Treppenhaus. Seine Augen funkelten, als er fündig wurde. Halb schleifend zog er Bernadette mit sich und kurze Zeit später befanden sie sich im engen Treppenschacht. Bernadette wurde schwindelig, als sie entlang der Gitterkonstruktion der Stahltreppe in die Tiefe schaute. "Nicht nach unten gucken!", mahnte sie John, "komm, nimm meine Hand!"

Bernadette klemmte sich bei John ein und gemeinsam machten sie sich an den Abstieg. Die rote Notbeleuchtung ließ den engen Schacht bedrohlicher und beklemmender wirken, als er es im Normalfall schon war. Es kam John so vor, als würden sie durch den Kamin Satans, hinab in den Vorhof zur Hölle steigen. Die Anzeige im Helm verriet John, dass die Atmosphäre um sie herum immer dünner wurde. Wer jetzt noch keinen Anzug trug, würde binnen kurzer Zeit qualvoll ersticken. Als hätte er es beschrien, entdeckte John schon die ersten leblosen Körper ein Deck tiefer.

Nun begannen auch andere Passagiere in Raumanzügen ihre Flucht durch das Treppenhaus. Allerdings zog es sie nach oben zu den Shuttledecks und damit genau ins Verderben. John und Bernadette kämpften mit aller Kraft gegen die in Panik geratene Meute an, die ihnen entgegen strömte. Als sie fast unten waren, ebbte der Strom ab. John schaute auf die Signaltafel an der Tür; Wartungshangar.

"Wir haben es fast geschafft." John betätigte den Schalter und die schwere Tür glitt federleicht zur Seite. Von der Innenseite lehnte ein lebloser Körper an der Tür und kippte ihnen entgegen. John machte einen Satz zur Seite. Erschrocken schaute er den toten Mann an. Erstickt war er nicht. Stattdessen prangte ein Brandloch mitten auf seiner Brust. Ein Lasereinschuss. Der Tote trug die Uniform des Sicherheitspersonals. In seiner Hand hielt er immer noch eine Laserpistole. Weitere Einschusslöcher an den Wänden zeigten, dass es hier unten scheinbar Kämpfe gegeben hatte. Ein heller Energieblitz sauste nur Zentimeter an Johns Kopf vorbei. Bernadette kreischte laut auf. Am Ende des Wartungshangars stand der Schütze. Ein marsianischer Soldat. Sein blutroter Panzeranzug warf einen bedrohlichen Schatten und sein Helm sah aus wie eine dämonische Fratze. Der Soldat gab erneut einen Schuss ab, der John nur verfehlte, weil dieser sich diesmal blitzschnell duckte. Geistesgegenwärtig zog John den toten Sicherheitsmann hinaus in den Flur. Dann verschloss er die Türe wieder. Er nahm die Waffe des Toten und gab einen Schuss auf das elektronische Bedienfeld der Tür ab. "Der Kurzschluss wird sie nicht lange aufhalten. Wir müssen uns beeilen!", schrie er zu Bernadette.

Seine Frau machte schon kehrt und wollte die Treppe wieder hinauflaufen.

John hielt sie fest. "Warte, hier müsste ein Versorgungsschacht sein." Er schaute in die Nische unter der Treppe. Wenn man wusste, dass er da war, konnte man den Zugang zum Schacht mühelos erkennen. John hob die lose aufliegende Bodenplatte an und bedeutete Bernadette hinein zuklettern. Dann stieg auch er hinein und schloss den Deckel. Gerade noch rechtzeitig. Die Tür zum Wartungshangar glitt im selben Moment auf.

Zwei marsianische Soldaten stapften heraus. Sie schauten sich kurz um. Einer ging in die Nische unter der Treppe. "Hier ist nichts, sie müssen die Treppe wieder hoch sein." Der andere Mann signalisierte, ihm zu folgen und gemeinsam stiegen sie die Treppe hinauf.

John wagte es nicht, etwas zu Bernadette zu sagen. Die Soldaten waren zu nah und könnten den Funkspruch abfangen. Er nahm die Taschenlampe, die am Eingang des Schachtes an der Wand hing und schaltete sie ein. Mit erhobenem Zeigefinger vor seinem Mund deutete er Bernadette ebenfalls Funkstille zu halten. Sie nickte. John leuchtete ihr Versteck aus und überlegte, welcher der drei abzweigenden Schächte sie sicher zum Schleusenbereich führen würde. Er ging im Kopf die Pläne des Schiffes durch.

Sein gutes Gedächtnis war ihm auch in dieser Situation ein Freund. Er war sich fast sicher, dass sie den linken Tunnel, oder besser gesagt das linke Tünnelchen, nehmen sollten. Auf allen Vieren kriechend, machten die beiden sich auf den Weg. Der Wartungsschacht wurde von unzähligen Leitungen durchzogen und bot den beiden nur wenig Bewegungsfreiheit. Bernadette kam es so vor, als würden sie durch die enge, verstopfte Luftröhre eines kränkelnden Tieres kriechen, in der Hoffnung den sterbenden Körper über die Nasenlöcher verlassen zu können.

John hielt plötzlich inne und ließ den Lichtstrahl seiner Lampe über die Decke tanzen. Er tastete mit der freien Hand, bis er die Abdeckung des Schachtes fand. Mit einem kräftigen Hieb stieß er die Luke auf. Die Abdeckplatte landete unsanft auf dem metallischen Fußboden des Schleusenraumes. Nun war es gut, dass die Atmosphäre bereits entwichen war. Der scheppernde Lärm, der sonst entstanden wäre, hätte garantiert die Marsianer auf sie aufmerksam gemacht. Vorsichtig steckte John den Kopf aus dem Schacht und spähte in den Raum. Das Glück schien auf ihrer Seite zu sein. Er war leer und das Schott zu den inneren Abteilungen des Raumschiffes war geschlossen. John stieg hinaus und reichte Bernadette eine Hand, um ihr nach oben zu helfen. Mit einem Kopfnicken wies er auf die Luftschleuse. Ohne sich weiter umzuschauen, gingen sie hinüber und John öffnete das Schott. Er trat als Erster ein und wurde augenblicklich von der hier herrschenden Schwerelosigkeit empfangen. An den Seiten des Schleusenbereiches hingen die zweihundert Kilo schweren Überlebenstornister. Das Gewicht der Ausrüstung war der Grund, weshalb sich der Bereich außerhalb der künstlichen Gravitation befand. Unsicher schwebte nun auch Bernadette in den Raum. John machte sich daran, zwei Tornister aus den Verankerungen zu lösen. Er half Bernadette in ihren Tornister und schnallte sich anschließend sein Überlebenspaket auf den Rücken. Fast augenblicklich verband sich die Anzugs-KI mit dem Computer im Tornister und meldete die ordnungsgemäße Verbindung. Sauerstoff und Vorräte waren für volle vierzehn Tage vorhanden.

Nun konnte es losgehen. Er schaute Bernadette noch einmal tief in die Augen. Dann verband er ihre beiden Tornister mit Karabinerhaken und Seil, eine altmodische aber doch zuverlässige Methode, die darüber hinaus auch keine verräterischen Energiesignaturen abgeben würde, wie dies mit einer Magnetkopplung der Fall gewesen wäre.

Der ganze Raum wurde mit einem orange auf- und abschwellenden Warnlicht geflutet, als John die Prozedur zum Öffnen der äußeren Schleuse startete. Nachdem das innere Schott verriegelt war, öffnete sich das Außentor fast augenblicklich, da der Raum bereits luftleer war. John klemmte sich hinter Bernadette und gab einen kräftigen Stoß mit seinen Steuerdüsen, die sich ebenfalls am Überlebenstornister befanden. Sanft glitten die beiden hinaus und die endlose Schwärze des Weltalls empfing sie mit ihren eisigen Klauen. John schaute kurz zum Schiff zurück und sah, dass eine weitere Enterfähre ganz in der Nähe ihrer Luftschleuse angedockt hatte. Direkt neben ihr war ein großes Loch in die Hülle gesprengt worden. Er schloss die Augen und betete, dass niemand auf der nahen Fähre auf sie aufmerksam werden würde.

So verginger mehrere Minuten, bis er es erneut wagte, die Augen zu öffnen und zurückzublicken. Sie lebten noch. Ein Zeichen, dass ihre Flucht scheinbar unbemerkt geblieben war. John konnte das marsianische Kriegsschiff auf der anderen Seite der Dusty Stars ausmachen. Es hatte bereits seine Triebwerke gezündet und nahm allmählich Fahrt auf. Die Triebwerke der Dusty Stars erwachten nun ebenfalls zum Leben. Die Entermannschaft hatte also bereits die Kontrolle über das Schiff erlangt.

"Sie fliegen weg. John, sie fliegen weg."

"Ja, ich sehe es."

Damit, dass die Schiffe so schnell abfliegen würden, hatte John nicht gerechnet. Glück musste man haben, dachte er sich, umso früher konnte er den Notruf absetzen. Das würde ihnen kostbare Zeit verschaffen. Ihre Überlebenschancen waren gerade sprunghaft gestiegen, zumindest gefühlt. John drehte sich um Bernadette herum, um ihr ins Gesicht sehen zu können. Sie sah leicht verkrampft aus, schaffte es aber irgendwie ein Lächeln auf ihre Lippen zu bringen, als sie ihm in die Augen schaute.

"Wann können wir den Notruf senden?", wollte sie wissen.

"Wenn die Schiffe außer Sicht sind, warten wir noch sechs Stunden, dann versuchen wir unser Glück.'

Zäh, wie gerinnendes Harz zog die Zeit dahin. Inmitten der endlosen Schwärze, die mit abertausend funkelnden Pailletten gespickt war, gab es für den menschlichen Geist nicht sonderlich viel zu erforschen. Der kaum erkennbare blaue Punkt, der die Erde markierte, befand sich gefühlt Galaxien weit entfernt und die atemberaubende Schönheit, die sich dem Betrachter bot, bekam schon nach wenigen Stunden einen faden Beigeschmack. Sie wirkte nach einem Tag sogar nur noch einschläfernd. Nach drei Tagen hatten sie noch nicht einmal mehr Gesprächsstoff und so dümpelten sie die meiste Zeit nebeneinander her. Johns Sorgen wuchsen mit jeder Stunde, die verstrich. So langsam müsste sich einer der funkelnden Lichter bewegen und zu der Silhouette eines Raumschiffes anwachsen. John ging mit stoischem Blick einen Punkt nach dem anderen ab, die er in Richtung des Asteroidengürtels wähnte. War nur der Wunsch Vater des Gedankens, oder bewegte sich dort wirklich etwas? John fokussierte das kleine pulsierende Glühwürmchen, das scheinbar wuchs. Sein Herz brannte und vor Aufregung begann er, unkontrolliert mit Armen und Beinen zu zittern. "Bernadette! Wir sind gerettet! Sie kommen uns holen!"

Stille.

"Bernadette?!"

Seine Frau antwortete nicht. Johns aufkeimende Freude platze wie eine Seifenblase. Wie von Sinnen riss er seine Frau herum. Sie hatte die Augen geschlossen und war kreidebleich im Gesicht. Ihre Augenlider flatterten leicht. Noch lebte sie, noch. Johns Kehle schnürte sich zu. Nein, sie durfte nicht sterben. Nicht so kurz vor ihrer Rettung. "Fliegt verdammt noch mal schneller!", schrie er in Panik der sich nähernden Fähre zu, die sich bereits deutlich von dem eintönigen Hintergrund abhob. Johns eigene Sauerstoffreserve reichte nur noch wenige Minuten. Scheiß drauf! Er zog aus der Gürteltasche seines Tornisters einen Syntschlauch heraus. Nicht viel breiter als ein Strohhalm, konnte er sich bei Belastung um ein vielfaches ausdehnen. Er koppelte ein Endstück ans Luftventil seines Anzuges und verband das andere Ende mit Bernadette. Ein leichtes Zischen klang in seinen Ohren, als sich der Luftdruck der beiden Anzüge anpasste. Hoffentlich reichte die kleine Sauerstoffspritze für Bernadette. Entweder das, oder sie würden beide ersticken. Aber ohne seine Frau konnte es sich John eh nicht vorstellen zu leben. John schüttelte Bernadette, aber sie reagierte immer noch nicht.

Das Shuttle war mittlerweile bei ihnen angekommen und hatte die Luftschleuse bereits geöffnet. Die beiden Astronauten, die an der Schleuse zu sehen waren, zündeten ihre Raketentriebwerke und glitten langsam auf die beiden Havarierten zu. Ein kurzer Griff. Umkehrschub. Und schon befanden sich alle vier wieder auf dem Weg zum Shuttle. Alles wirkte so unwirklich. Der Sauerstoffmangel, der nun auch John mit voller Wucht traf, ließ ihn alles wie im Traum erleben. Es schien fast, als sei er nicht er selbst, sondern nur ein Zuschauer, der sich friedlich zu Hause einen Holofilm anschaute. Er fühlte sich leicht wie eine Feder. Jemand zog seinen Helm vom Kopf und drückte ihm eine Sauerstoffmaske ins Gesicht. John hatte gar nicht registriert, dass sie bereits im sicheren Inneren des Shuttles waren. Sein Blick fiel auf den leblosen Körper, der auf der Pritsche neben ihm lag. Zwei Männer versuchten Bernadette wiederzubeleben. Au-

genblicklich pulsierte das Adrenalin in Johns Adern. Er
riss sich die Maske aus dem Gesicht und sprang auf.
Sein Helfer hatte keine Chance ihn zurückzuhalten.
"Bernadette!", schrie John. Tränen der Angst und Verzweiflung flossen ihm die Wangen herab. Die Über-
wachungsmonitore zeigten keine Lebenszeichen. Mit
beiden Händen hielt er ihren Kopf. Ihre Augen, die
über der Sauerstoffmaske thronten waren fest ver-
schlossen.

"Es tut mir leid", hörte John eine betroffene, männ-
liche Stimme hinter sich sagen. Doch John reagierte
darauf nicht. Er presste seine Frau ganz fest an sich.
Der Schmerz war unbeschreiblich bitter und brannte
seine Eingeweide aus. "Bernadette!" Seine Stimme
wimmerte nur noch. "Bleib bei mir!" Ein leises Piep-
sen drang in Johns Ohr. Einige Sekunden später noch
eins. Und wieder. John schaute Bernadette ins Gesicht.

Ihre Augen flackerten leicht, dann öffneten sie
sich. "John?", flüsterte Bernadette mit geschwächter
Stimme. Unter der Maske zeichnete sich ein sanftes
Lächeln ab.

Nun brachen bei John alle Dämme. Die Tränen flossen, wie die Fluten der Niagarafälle. Nur diesmal waren es Tränen der Freude und Erleichterung. Wie in
guten so in schlechten Zeiten, dachte er sich. Hoffentlich brachen nun die guten Zeiten an.

- Ende -

Lukretia

"Lukretia! Hören Sie überhaupt zu?"

Lukretia, oder Lucy, wie sie ihre Freunde nannten, schreckte von der harten, blechernen Stimme des holografischen Lehrers auf. Wie so oft hörte sie im Astrophysikkurs nur mit einem Ohr zu. Es lag nicht daran, dass sie die Thematik nicht interessieren würde, vielmehr unterforderte sie der für ihren Geschmack viel zu einfach gehaltene Unterrichtsstoff. Von ihrem Vater, einem führenden Wissenschaftler im Bereich der molekularen Antriebstechnologie, hätte sie tausendmal mehr lernen können. Wie gerne wäre sie auch jetzt wieder in seinem Labor auf der europäischen Mondbasis. Schon von klein auf hatte sie es geliebt, zwischen all den aufregenden Maschinen und Versuchsanordnungen herumzuschlendern und jedes einzelne Stück genauestens mit ihren großen Kinderaugen zu studieren. Etwas anderes kannte sie auch nicht aus ihrer Kindheit. Ihre Mutter war bereits bei Lucys Geburt gestorben und ihr Vater vergrub sich seitdem in seiner Arbeit. Während andere Kinder aus Lucys Internatsklasse in den Ferien mit ihren Eltern in Urlaub fuhren, holte ihr Vater sie zu sich auf den Mond und so verbrachte sie dort ihre freie Zeit mit Maschinen und Robotern. Aus jener Zeit stammte auch ihr unbändiger Wunsch, die Rätsel des Weltalls mit ihrem technischen Verstand zu entschlüsseln und so entschloss sie sich nach dem Abschluss ihres Abiturs ein Robotikstudium zu beginnen. Und nun hockte sie hier im gähnend langweiligen Astrophysikunterricht, ihrem Zweitfach an der Uni, geleitet vom holografischen Abbild des längst verstorbenen Wissenschaftlers Professor Angus. Sein gesamtes Wissen befand sich in den zentralen Datenbanken der Lunar-Orbit-Universität, kurz LOU, die sich in einer Umlaufbahn um den Erdmond befand.

Lucy löste ihren Blick von der Erde, die gerade hinter dem Mondhorizont aufging, wie ein blau-weißer Zwilling der Sonne. Dieser Anblick war hier oben eigentlich nichts Besonderes, aber dennoch erfüllte er Lucy jedes Mal mit einer intensiven und widersprüchlichen Mixtur von Gefühlen, in denen sich Heim- und Fernweh mit tiefer Traurigkeit und grenzenloser Freude mischten.

Sie drehte ihren Kopf in Professor Angus' Richtung, abseits des großen Panoramafensters und blickte ihn mit ihren tiefblauen Augen an. Sie kämmte sich eine Strähne ihres langen, blonden Haares aus dem Gesicht und legte ihr typisch unschuldiges Lächeln auf. "Aber natürlich höre ich Ihnen zu, Herr Professor. So spannend wie sie erklärt niemand die Lage der Langrangepunkte." Lasziv kaute sie an der Spitze ihres Datenstifts und vollzog einen verführerischen Augenaufschlag, als hätte sie von etwas anderem gesprochen, als von den Regionen im Sonne-Erde-System, in denen sich die Gravitationskräfte beider Körper gegenseitig aufhoben.

Das Kichern ihrer Kommilitonen übertönte das wütende Schnauben des Hologramms. Was sich die Programmierer dabei gedacht hatten einer Maschine die Simulation von Gefühlen auf ihren Datenkern zu implementieren, konnte Lucy nicht nachvollziehen. Aber es machte ihr unheimlichen Spaß diese Maschine zur Weißglut zu treiben. Und wie realistisch sich diese Wut abzeichnete. Das Gesicht des dreidimensional projizierten Professors lief puterrot an und passte nun perfekt zu dem chaotischen, roten Haarschopf. Die grünen Augen brannten vor Zorn und die zusammengepressten Lippen bebten fast unmerklich unter dem roten Vollbart. "Dann wird Sie auch sicherlich eine kleine Sonderaufgabe erfreuen", stieß er hervor, "melden Sie sich sofort beim Hüllenreinigungsdienst! Den Rest des Tages haben Sie beim Meteoritenstaubschaben den perfekten Ausblick auf die Erde."

Lucy quittierte die Anweisung mit einem kecken Lächeln, stand auf und ging erhobenen Hauptes an den noch immer kichernden Studenten und dem finster drein schauenden Hologramm vorbei. Mit ihrer Körpergröße von eins fünfundsiebzig war sie nur unmerklich kleiner als das lebensechte Abbild von Professor Angus. Als sie schon fast an ihm vorbei war, schaute sie noch einmal kurz in seine Richtung. "Liebend gerne, Herr Professor", mit diesen Worten verließ Lucy den Raum.

Die Liftkabine, die sie ansteuerte, lag nur wenige Meter entfernt vom Hörsaal. In einem gemütlichen Schritttempo ging sie den steril weißen und grell erleuchteten Flur entlang. Lucy betätigte den Rufknopf des Aufzugs und augenblicklich schoss das Schott zur Seite auf. "Zum Oberdeck!", befahl Lucy beim Eintreten zu der intelligenten Steuerkonsole, die mit monotoner Computerstimme ihr Ziel bestätigte. Die Aufzugskabine schloss sich, nur um sich eine Sekunde später und fünf Stockwerke höher wieder zu öffnen.

Von der immensen Geschwindigkeit des Hyperlifts konnte man im trägheitsgedämpften Inneren nichts merken.

Lucy trat hinaus in den Korridor, der genau wie all die anderen Stockwerke identisch aufgebaut war. Mit schlafwandlerischer Sicherheit bog sie rechts in den Gang ein. Die selbstleuchtenden Beschilderungen, die in die Wände eingelassen waren, brauchte Lucy nicht zur Orientierung. Dafür war sie im letzten Jahr zu oft hier oben gewesen, um ihre Sonderaufgaben zu erledigen. Sie schätzte, dass sie schon fast die Hälfte der Außenhülle im Alleingang gereinigt haben musste. Aber als Strafe sah sie die Aufgabe, die im Normalfall von Reinigungsdrohnen erledigt wurde, nicht. Draußen im Weltall, durch nichts geschützt außer ihrem Raumanzug, den Sternen so nah, fühlte sie sich frei und lebendig.

Mittlerweile war sie am Ende des Ganges angekommen. Das breite Tor stand offen und sie konnte Luke, den alten Mechaniker, der mittlerweile einer ihrer besten Freunde hier an Bord war, an einer der Reinigungssonden arbeiten sehen. Winzige, grell leuchtende Funken prallten von der grausilbrigen Hülle der Drohne ab, als er mit einem Laserbrenner versuchte einen Riss auf ihrem Rücken zu verschweißen. Lucy schirmte ihre Augen provisorisch mit der linken Hand ab. "Luke!", rief sie so laut sie konnte, um das feurige Knistern und Rauschen zu übertönen.

Der Funkenregen ebbte ab und Luke drehte sich zu ihr um, ohne dabei seine Schutzbrille abzunehmen. "Was zum Teufel machst du schon wieder hier?", polterte er los, "du warst doch erst Anfang der Woche draußen. Wem bist du jetzt wieder auf den Schlips getreten?"

Lucy grinste etwas eingeschüchtert, als sie antwortete: "Ach diesmal war's dieses langweilige Hologramm vom alten Professor. Die Themen, die wir bei ihm durchnehmen, sind doch alle Kinderkacke."

Luke schüttelte leicht resignierend den Kopf. "Mensch Lucy, es ist nicht jeder so hochbegabt wie du. Was du hier Kinderkacke nennst, ist für viele deiner Mitstudenten Neuland. Du solltest dich echt was zurücknehmen und den Unterricht nicht ständig stören." Lucys Blick senkte sich schuldbewusst zu Boden, doch Luke war noch nicht fertig mit seiner Moralpredigt: "Ich kenne Professor Angus noch aus seinen Lebzeiten. Als ich so alt war wie du, saß ich in seinem Unterricht und du solltest ...", er stockte, "ach verdammt, du hast recht. Er ist ein Arsch. Aber sei trotzdem nicht so aufmüpfig!" Für einen kurzen Moment flackerte ein schelmisches Blitzen in Lukes Augen auf und Lucy konnte sich ein Grinsen nicht verkneifen.

"Du und der olle Professor, das hätte ich zu gerne mal miterlebt", sagte sie.

"Ja, den alten Angus konnte man echt am besten ärgern. Aber mach nicht den selben Fehler wie ich damals, Mädchen", warnte sie Luke, "ich war auch ein kleiner Rebell. Und was ist aus mir geworden? Ein besserer Hausmeister, der sich darum kümmert, dass der Asteroidenschiss von der Hülle gekratzt wird." Er schaute sie mit warmherzigen, fast flehenden Augen an. "Komm rein. Du weißt ja, wo alles ist", fuhr er fort und ging wieder an seine Arbeit.

Lucy machte einen weiten Bogen um den Funkenregen und steuerte zielstrebig den Vorratsraum am gegenüberliegenden Ende der Werkstatt an. Während sie an den Ladestationen der Drohnen, die auf beiden Seiten des Raumes lagen, vorbeiging, sah sie, dass fast alle von ihnen dabei waren ihre anvertrauten Sonden mit Energie aufzuladen. Die einzige nicht besetzte Station gehörte der Drohne, die sich gerade unter Lukes Fittichen befand. Es dürfte also ein einsamer Spaziergang da draußen werden, ganz nach Lucys Geschmack.

Als sie sich der Tür näherte, öffnete sich diese automatisch und Lucy trat in die kleine Kammer ein. Sie schloss die Tür von innen, nahm sich einen der drei Raumanzüge, die auf einer Garderobenstangen hingen und zog sich um. Die dünnen Raumanzugoveralls sahen nicht wirklich stabil aus, aber das Material hatte es buchstäblich in sich. Das feine Nanogewebe bot bei einer maximalen Elastizität mehr Stabilität als eine Legierung aus Titan. Selbst kleinere Mikrometeoriten hatten keine Chance das Gewebe zu durchdringen und verursachten beim Träger des Anzugs meist nur schwere Prellungen und Knochenbrüchen. Direkt über den Raumanzügen hingen die Helme. Lucy nahm sich den erstbesten, zog in sich über den Kopf und überprüfte, ob sich die automatische Verriegelung auch wirklich geschlossen hatte. Als nächstes befestigte sie einen vollen Sauerstofftank, den sie wie einen Schultornister auf dem Rücken trug. Mittlerweile war auch das Helmdisplay zum Leben erwacht und vor Lucys Nase schwebten alle wichtigen Daten, die Lucy bei ihrem Außeneinsatz im Auge behalten sollte.

Wäre ja auch irgendwie peinlich, wenn ihr unterwegs die Luft ausginge. Der Helm war rundherum transparent und verfügte neben dem sprachgesteuerten Display auch über ein Kurzstreckenfunksystem. Mikrofon und Lautsprecher waren zu klein für das menschliche Auge und Lucy wusste auch nur theoretisch, wo sie angebracht waren.

Nachdem sie sich noch einmal über den ordnungsgemäßen Sitz ihres Anzuges vergewissert hatte, ging sie zurück zu Luke, um sich bei ihm Kratzlaser und Sauger zu holen. Zwei Geräte, die aussahen wie ein überdimensionierter Hausstaubsauger und ein stählerner Besen, der anstatt Borsten kleine Mündungen für die tausend winzigen Laserstrahlen hatte.

"Pass auf da draußen", sagte er über Funk, da der Helm absolut schalldicht war. Lucy nickte und nahm die beiden unhandlichen Geräte entgegen. Das Gewicht würde sie in der Schwerelosigkeit nicht mehr stören, aber die wenigen Meter zur Schleusenkammer trieben ihr den Schweiß auf die Stirn.

Langsam schlossen sich die schweren Sicherheitstüren der Schleuse hinter Lucy und ein orange flackerndes Warnlicht zeigte an, dass die Luft aus dem Raum gesogen wurde. Als das Licht erlosch, öffneten sich die Außentore und gaben einen atemberaubenden Blick auf die Mondoberfläche frei.

Lucy schaute auf die Steuerkonsole, die am linken Unterarm angebracht war, zündete die kleinen Steuerdüsen am Sauerstofftornister und manövrierte sich aus der Schleuse hinaus. Als sie das Tor passierte, bemerkte sie, dass die Erde bereits vollständig über dem Mond zu sehen war. "Ah, die Erde ist jetzt ganz aufgegangen und heute ist Vollerde", sagte sie zu sich selbst.

"Diese Feststellung ist nicht ganz korrekt", gab die weibliche Stimme der Helm-KI zurück, "die Umlaufbahn der LOU hat uns mittlerweile auf die erdzugewandte Seite gebracht. Also ist nicht die Erde aufgegangen, wie sie sagten, sondern wir befinden uns nur auf der anderen Seite des Mondes. Außerdem ist es sehr ungenau von heute zu sprechen, da ein Mondtag über vier Erdenwochen dauert, ein Tag auf der LOU hingegen nur wenige Stunden."

Lucy verdrehte die Augen. "Danke du Klugscheißer, das weiß ich selber", schnauzte sie die KI an.

"Gern geschehen", kam die prompte Antwort, "aber ich sehe keinen Grund, dass Sie mich gleich beleidigen." Das konnte Lucy jetzt gebrauchen, noch so ein emotionales Sensibelchen.

"Jetzt sei mal nicht gleich eingeschnappt. Gib mir lieber die Anflugkoordinaten für unseren heutigen Einsatz auf den Schirm!", befahl Lucy. Eine kleine Karte erschien am Rand des rechten Sichtfeldes und zeigte die Station, auf deren Oberseite ein kleiner roter Punkt erschien.

"Unser heutiges Einsatzgebiet liegt auf der Oberseite der Station, gleich neben dem Observatorium. Der gesamte Bereich liegt zurzeit in der Sonne. Ich werde die automatische Kühlung Ihres Anzuges etwas verstärken", sagte die KI.

Lucy schaute sich die Entfernung an. Gemessen an der Gesamtgröße der Station, waren die zwei Kilometer ein Klacks und sie musste fast nur geradeaus fliegen. Lucy kam sich immer wie ein winziger Floh vor, wenn sie an der Außenhülle der fünfundzwanzig Kilometer großen LOU entlang glitt. Das Sonnenlicht ließ die glatte, mausgraue Haut aufleuchten und die vielen Fenster, welche die quadratische Konstruktion säumten, funkelten wie Diamanten. Auf dem Weg zur Kuppel konnte Lucy die Andockbuchten der Shuttles zu ihrer Linken ausmachen. Im Moment herrschte nur wenig Flugverkehr auf dem orbitalen Raumhafen, der auch als Umsteigemöglichkeit für Privatflüge von der Erde zum Mars genutzt wurde.

Die Kuppel vor Lucy wurde immer größer. Bei ihrem Anflug achtete sie darauf möglichst nah an der Station zu bleiben, um innerhalb der magnetischen Abschirmung zu bleiben, die sie vor der kosmischen Strahlung schützte. Als sie endlich angekommen war, gab sie der KI das Kommando, die Verschmutzungen im Helmdisplay sichtbar zu machen, da sie mit bloßem Auge nicht zu erkennen waren.

"In welcher Farbe möchten Sie die Verschmutzung sehen?", fragte die KI.

"Um Gottes Willen, ist mir doch egal. Mach sie halt rosa!"

"Nun, wenn es Gottes Wille ist, sollen sie im schönsten rosa erstrahlen", gab die KI spöttisch zurück und schlagartig war der Bereich um die Kuppel herum mit schweinchenrosa Flecken gesprenkelt.

Ohne weiter drauf einzugehen, machte sich Lucy daran die rosa Flecken mit dem Laser zu lösen. Den Sauger hatte sie auf Automatik gestellt und wie ein treuer Hund trottete er ihr hinterher, um die gelösten Staubpartikel aufzusaugen.

Immer wieder schaute Lucy in die tiefen Weiten des Alls. Sie fixierte einen kleinen blauen Punkt in der Ferne. Der Mars, dachte sie sich und ein leichter Anflug von Ärger kochte in ihr hoch. Seit Wochen versuchte sie schon einen praktischen Studienplatz bei einem der privaten Wirtschaftskonzerne dort zu ergattern. Doch diese Plätze waren sehr begehrt und rar. Bisher hatte es für Lucy, trotz ihrer überragenden Zeugnisse, nur Absagen gehagelt. Dank ihrer Aufmüpfigkeit konnte sie auch von keinem ihrer Professoren ein Empfehlungsschreiben erwarten. Vielleicht hatte Luke ja recht und sie sollte versuchen sich ein wenig zusammenzureißen. Sehnsucht packte sie. Einmal mit eigenen Augen die Oberfläche des ehemals roten Planeten sehen. Die gigantischen Städte besuchen, die dort seit der ersten Besiedlung entstanden waren und sich in eine üppige, grüne Landschaft einschmiegten, so wie es vor über zweihundert Jahren auch auf der Erde der Fall gewesen war. Die riesigen Kuppeldächer, die einst gebraucht wurden, um die Bewohner mit Atemluft zu versorgen, wurden seit dem Abschluss des Terraformingprojektes im vorletzten Jahr schrittweise zurückgebaut. Lucy stieß einen leisen Seufzer aus. Wann würde sie endlich einmal echte Marsluft riechen?

Ein heftiges Vibrieren des Kratzlasers riss sie aus ihren Gedanken. In fetten, roten Buchstaben informierte ihr Display sie über eine Fehlfunktion des Gerätes. Die KI meldete sich ebenfalls zu Wort: "Es liegt eine Störung vor. Bitte veranlassen Sie die Deaktivierung des Lasers."

Lucy fluchte leise und schaltete den Laser ab. "KI, führ eine Diagnose des Lasersystems durch!", befahl Lucy.

"Es tut mir leid, aber die digitale Verbindung zum Laser ist unterbrochen. Ich kann Ihnen keine Informationen zum Störungsgrund geben", entschuldigte sich die KI.

"Du bist mir eine tolle Hilfe", schnappte Lucy und drehte den Laser in ihre Richtung. Das dürfte doch nicht so schwer sein, die Maschine wieder in Gang zu bringen. Immerhin war Lucy im Umgang mit Robotern eine Spezialistin. Sie öffnete die Montageklappe am Laserkopf und sah mit einem Blick, dass sich eine Kybernetverdrahtung gelöst hatte. Aus dem Seitenfach ihres Tornisters holte Lucy eine kleine Magnetzange heraus und versuchte die winzig kleine Verbindung wieder herzustellen. Als sie nach einiger Fummelei die Drahtspitze wieder am richtigen Platz wähnte, betätigte sie einen kleinen Knopf am Griff ihrer Zange. Die Spitze glühte kurz auf und schweißte den Draht fest. Zu spät bemerkte Lucy ihren Fehler.

Schlagartig erwachte der Laser zum Leben und spie seine tödlichen Strahlen in ihre Richtung. Die seitlichen Anschubdüsen ihres Tornisters wurden regelrecht weggeschmolzen. Ein ohrenbetäubender Alarm schrillte auf. Rote Warnmeldungen füllten Ihr Display aus. Lucy spürte, wie sie die Wucht des Lasers von der sicheren Hülle der Station forttrieb. Sie hatte Angst. "Statusmeldung!", schrie sie.

Die KI antwortete umgehend: "Die Überlebenssysteme des Anzugs sind unbeschädigt. Wir sind aber manövrierunfähig und treiben auf den Mond zu. Geschätzte Zeit bis zum Aufprall, dreißig Minuten."

"Stell eine Funkverbindung zu Luke her!", kreischte Lucy.

Ein kurzes Knacksen war zu hören, bevor sich der Mechaniker meldete: "Lucy, was gibt's?"

"Luke, ich hatte einen Unfall!"

"Was ist passiert? Bist du verletzt?"

"Nein, mir geht's gut. Noch zumindest. Ich treibe von der Station weg, Richtung Mond."

"Übermittel mir deine genaue Position! Ich komme raus!"

Lucy wollte die Anweisung gerade an die KI weiterleiten, als diese bereits meldete, dass sie die nötigen Daten an Luke weitergeleitet hatte. Sie war also doch für was zu gebrauchen, dachte sich Lucy.

Luke meldete sich wieder. Ein leichter Schimmer von Hoffnung schwang in seiner besorgten Stimme mit: "Wir haben eine Chance. Du wirst an der Luftschleuse am Rettungsdeck vorbeitreiben. Dort versuche ich dich abzufangen. Wird knapp, aber wir schaffen das schon. Bleib ruhig! Ich melde mich wieder, wenn ich dort bin."

Er hatte gut reden. Ruhig bleiben. Wie sollte Lucy jetzt ruhig bleiben. Sie trieb schon auf das Ende der Station zu. Wenn Luke nicht bald auftauchte, wäre es zu spät und der kleine Floh Lucy würde dem Mann im Mond mitten ins Gesicht knallen. Lucy beobachtete die Luftschleuse, die noch immer keine Anstalten machte sich zu öffnen. Schweißtropfen rannen ihr das Gesicht herab. Die Angst schnürte ihr die Kehle zu. Die ganze dunkle Herrlichkeit, die sie sonst so liebte, verwandelte sich in ein kaltherziges, schwarzes Monster mit einem hell erleuchteten Schlund, der immer größer wurde, je näher sie der Mondoberfläche kam. Endlich glitt das Schott der Schleuse auf und Lucy konnte Luke in seinem Raumanzug sehen. Er hielt einen magnetischen Fänger in den Händen, mit dem er versuchte Lucy anzuvisieren. Sie spürte eine leichte Vibration, als sie der magnetische Strahl traf, aber ihre Flugbahn änderte sich nicht.

"Verdammt!", fluchte Luke laut auf, "du bist zu schnell. Ich bekomme dich nicht gepackt!"

Lucy schossen die Tränen in die Augen. Sie fühlte sich leer und verloren. Das war's dann wohl.

"Hör mir jetzt gut zu! Lucy? Hörst du mich?"

"Ja", antwortete sie mit gebrochener Stimme.

"Du hast noch eine Chance", fuhr Luke fort, "du wirst vermutlich irgendwo im Mare Nectaris runtergehen. Wenn du es schaffst, dass du nicht mehr trudelst, könntest du eine unsanfte Bruchlandung hinlegen."

"Mare Nectaris?", fragte Lucy unsicher nach, "na ganz große Klasse. Sollte ich die Bruchlandung überleben, werden mich die Chinesen als Spionin erschießen." Lucy schaute zu der kleinen Mondebene hinüber, die sie bereits ausmachen konnte. Am westlichen Rand des Mondmeeres erstreckten sich die Montes Pyrenaeus, ein Gebirgszug, der nach den Pyrenäen an der französisch-spanischen Grenze benannt war. Im Norden schloss sich das weit größere Mare Tranquillitatis an. Dort war Lucy schon einmal gewesen, um den Landepunkt von Apollo 11 zu besichtigen. Sie hatte aber nichts Spannendes daran fin-

den können. Bis auf ein paar Fußabdrücke im Regulit
und eine amerikanische Fahne gab es dort nicht viel
zu bestaunen.

"Quatsch nicht, Lucy! Dich wird schon keiner erschießen. Und wenn wir nicht langsam deine Flugbahn stabilisieren, braucht das auch niemand mehr."
Ein leichtes Rauschen mischte sich in Lukes Stimme.

Schon bald würde Lucys Funksignal zu schwach
sein, um ihn zu erreichen. "Wie soll ich denn meine
Flugbahn stabilisieren? Der Laser hat mir die Steuerdüsen weggebrannt!", rief sie verzweifelt.

"Du musst einen Teil Deines Sauerstoffs ausstoßen.
Ein kleiner Stoß wird ausreichen. Ich übermittel dir
die genauen Parameter. Du musst das Manöver exakt
durchführen", wies Luke sie an.

In Lucys Herz flammte neue Hoffnung auf. "KI, bitte veranlasse, dass der Sauerstoffschub zum richtigen
Zeitpunkt erfolgt", bat sie.

"Es tut mir sehr leid", antwortete die KI, "den ge-
wünschten Befehl kann ich nicht durchführen."

"Was?!", schrie Lucy entsetzt auf.

"Ihr Befehl verstößt gegen meine Programmierung.
Ich kann Ihnen keine Atemluft entziehen, dass würde
Ihr Leben gefährden."

"Was bringt mir der Sauerstoffvorrat, wenn ich am
Boden zerschmettere?"

"Gegen Direktive eins kann ich nicht verstoßen. Es
tut mir aufrichtig leid, das können Sie mir glauben."

"Danke, das ist ein schöner Text für meinen Grab-
stein." Lucy konnte es nicht fassen. Was sollte sie nun
tun? "Luke, kannst du mich noch empfangen?",

sprach sie ins Komm, erhielt aber keine Antwort mehr. Jetzt war sie auf sich allein gestellt.

"Ich kann Ihnen aber einen Vorschlag zur Güte machen", meldete sich die KI wieder zu Wort, "ich lege Ihnen einen Countdown auf das Display. Den Sauerstoff müssen Sie dann aber selbst ablassen."

Lucy atmete leicht auf. Das war doch ein Anfang. "Ja, danke, tu das!", wies sie die KI an.

Augenblicklich erschien eine fette Neunzig auf ihrem Schirm und der Countdown startete. Lucy tastete nach dem Ablassventil, am Sauerstofftornister. Ein kurzer Stoß, mahnte sie sich selbst an, nicht mehr, sonst ginge ihr wirklich die Atemluft aus. Gnadenlos zählte das Display runter. Fünfundfünfzig, vierundfünfzig. Lucy sah im inneren Auge ihren Vater, den sie vielleicht nie wieder sehen und ihre Mutter, die sie möglicherweise bald kennenlernen würde. Vierzig, neununddreißig. Sie schwor sich, wenn sie das hier überlebte, nie wieder Professor Angus' Unterricht zu stören. Zweiundzwanzig, einundzwanzig, zwanzig. Lucy lief ein eisiges Frösteln den Rücken hinunter. Nun würde sich alles entscheiden. Mit zittrigen Fingern umschloss sie das Ventil fester. Vier, drei, zwei. Sie hielt dem Atem an. Eins, null. Lucy drehte das Ventil auf und ein fauchendes Zischen klang in ihren Ohren. Sofort setzte ein schriller Alarmton ein. In roten Buchstaben blinke das Wort Sauerstoffverlust auf. Lucy war für einen kurzen Moment weggetreten.

Die KI holte sie jedoch schnell wieder in die Realität zurück. "Schließen Sie sofort das Ventil wieder!", übertönte diese den Alarm.

Lucy schüttelte sich, als wäre sie aus einem Traum erwacht. Wie in Trance schloss sie das Ventil. Sie zitterte am ganzen Leib. "Hat unser Manöver funktioniert?", fragte sie ängstlich die KI.

"Positiv. Unsere Flugbahn bringt uns nun in einem flachen Winkel rein. Die Chancen den Aufprall zu überleben sind damit auf fünfundvierzig Prozent gestiegen."

"Fünfundvierzig Prozent nur?" Ein Klos, so dick wie der Mount Everest steckte ihr im Hals.

Das Mare Nectaris erstreckte sich bereits in vollem Umfang unter Lucy. Sie konnte schon die Helium-3-Fördertürme der chinesischen Liga erkennen. Hoffentlich prallte sie nicht gegen einen von ihnen. Das wäre ihr sicheres Ende. Die Höhenangabe im Display schmolz gnadenlos dahin. Nur noch hundert Meter trennten Lucy von der staubigen Oberfläche des Mondes. Die Fabrik- und Förderanlagen sausten in atemberaubender Geschwindigkeit an ihr vorbei. So schien es ihr zumindest. In Wirklichkeit war es Lucy, die wie ein Geschoss in Richtung Boden stürzte. Sie sah nur noch Gebäudeschluchten und den staubigen Boden, der immer näher kam. Hinten am Horizont lächelte ihr sanft die blau schimmernde Erde entgegen. Es schien, als wolle sie Lucy in ihrer schweren Stunde Trost schenken. Als Lucy die erste Spitze eines Förderturms nur knapp verfehlte, ging alles ganz schnell. Lucy schloss die Augen. Sie spannte ihren Körper an. Hoffentlich hielt der Anzug der Belastung stand. Sie wagte es nicht mehr zu atmen. Dann berührte sie den Boden. Sie wurde unbarmherzig herumgeschleudert und kullerte wie ein Felsbrocken über die staubige

Ebene. Die Schmerzen waren unerträglich. Lucy spürte jeden Knochen einzeln brechen. Tiefrote Statusmeldungen blitzen im Display auf. Und dann wurde es dunkel.

Lucys Geist befand sich in einem Dämmerzustand. Sie wusste nicht, ob sie schon Tod war oder noch lebte. Alles fühlte sich seltsam an. Leicht, fast schwerelos. Sie konnte die Augen nicht öffnen, glaubte aber Personen in ihrer Nähe zu spüren. Fremdartige Worte drangen in ihr Ohr und sie verlor wieder vollends das Bewusstsein.

Auf einmal blendete sie ein grelles Licht und ein leichter Nebelschleier setzte sich vor ihre Augen. Ein beruhigendes Gefühl überkam sie dabei. Sie spürte nichts außer Frieden und Ruhe. Lucy senkte ihren Blick. Sie stand am Fußende eines Operationstisches. Fünf Ärzte kämpften dort um das Leben einer jungen Frau. Wie durch Milchglas schaute Lucy auf die Szene hinab. Neugier packte sie. Sie ging um die Ärzte herum, um das Gesicht der Unbekannten zu sehen. Lucy erschrak. Unter der Sauerstoffmaske konnte sie sich selbst erkennen. Sie schloss die Augen. Trauer füllte ihren Magen.

"Nein! Ich will nicht sterben!", schrie sie. Doch niemand hörte sie.

Das Nächste, an das sich Lucy erinnern konnte, war ein Gesicht. Das alte, warme und freundliche Gesicht eines Asiaten. Seine Haare waren bereits weiß und er trug einen kleinen Ziegenbart. Die braunen Augen, in die sie blickte, schienen voller Güte zu sein. Lucy versuchte etwas zu sagen, aber sie brachte keinen Ton heraus. Immer noch fühlte sie sich leicht wie eine Feder, doch sie war nicht imstande auch nur den kleinen Finger zu bewegen. Der alte Chinese verschwand aus ihrem Sichtfeld und kurz darauf wurde es wieder dunkel.

Diesmal fiel Lucy in einen unruhigen Schlaf. Wirre Gedanken kreisten in ihrem Kopf und sie malte sich die wildesten Dämonen aus, die sie nun in der Hölle empfangen würden.

Am ganzen Körper zitternd, wachte Lucy auf.

"Lukretia, mein Täubchen! Gott sei Dank, du lebst!"

Lucy war noch ganz benebelt. Aber diese Stimme. Sie kannte sie nur zu gut. Aber im ersten Moment konnte sie diese weiche, fast singende Stimme nicht zuordnen. Lucy schaffte es die Augen zu öffnen und dann erkannte sie den Mann an ihrem Krankenbett. "Papa", krächzte sie mit heiserer Stimme und ihre Augen begannen sich mit Tränen zu füllen. Lucy wollte so viel sagen, bekam aber keinen Ton heraus. Zu schwach und mitgenommen war ihr Körper. Heftige Schmerzen, wie tausend Nadelstiche malträtierten sie. Jede noch so kleine Bewegung war eine Qual.

"Bleib ruhig liegen", mahnte sie ihr Vater, "du hast unzählige Knochenbrüche bei deinem Absturz erlitten. Und die inneren Blutungen konnten die Ärzte nur mit Mühe stoppen. Es sah lange Zeit nicht gut aus." Für einen kurzen Moment versagte seine Stimme und Lucy bemerkte, wie er anfing zu weinen. Anton Strasser suchte nach einem Taschentuch und vergrub darin sein Gesicht. So hatte Lucy ihren Vater noch nie gesehen. Er war sonst immer so beherrscht, ja geradezu gefühlskalt. Er schnäuzte in sein Tuch und versuchte sich wieder zu fangen und seine gewohnte Souveränität auszustrahlen, was ihm allerdings nur mäßig gelang. Seine tränengeröteten, blaugrünen Augen schauten Lucy erleichtert an. Seine getönte Brille hatte er kurz abgenommen, um sie mit einem frischen Tuch zu reinigen. Sein Gesicht erhellte sich langsam und durch seinen schwarzsilbermelierten Vollbart drang schon wieder ein zaghaftes Lächeln. Auf seiner Glatze spiegelten sich die Deckenleuchten und die hohe Stirn lag in Falten. Er wirkte, als würde er über etwas Wichtiges nachdenken. "Du solltest unbedingt noch etwas schlafen", sagte er, "die Nahtstellen deiner gelaserten Knochen werden noch einige Zeit brauchen, um zu verheilen. Ich komme morgen wieder." Er beugte sich über Lucy und gab ihr einen Kuss auf die Stirn. Den Impuls, ihren bandagierten Kopf zu tätscheln, konnte er unterdrücken. Dann verließ er, ohne sich noch mal umzudrehen, das Zimmer.

Lucy konnte ihn im Flur noch kurz aufschluchzen hören und dann war sie mit ihren Gedanken alleine. Sie versuchte sich trotz ihrer Schmerzen umzuschauen. Sie lag in einem Einzelzimmer. Die Wände waren in einem zarten Beige gehalten. An der gegenüberliegenden Wand war ein Holofeld angebracht, welches fast den gesamten Raum abmaß und eine beruhigende Blumenwiese im Frühsommer zeigte. Durch die dreidimensionale Projektion wirkte es fast, als sei Lucy wirklich dort. Sie glaubte den Wind spüren zu können, der die Grashalme wiegte. Das große Fenster an der rechten Wand hingegen war abgedunkelt und karg.

"Gibt es hier eine KI?", fragte Lucy in den leeren Raum. Sie wartete vergebens auf eine Antwort. Rechts von ihr, am Kopfende ihres Bettes, war eine kleine Steuerkonsole angebracht. Mit einer unbeholfenen Bewegung und zusammengepressten Zähnen schaffte sie es die Steuereinheit zu greifen. "Oh", entwich es ihr. Sie ließ die kleine Steuerung auf ihr Bett fallen. Mit den chinesischen Schriftzeichen auf dem Display konnte sie nicht viel anfangen.

Die Zimmertür öffnete sich und ein älterer Chinese trat ein. Lucy schaute ihn an und erkannte ihn sofort. Es war der Mann aus ihrem Traum. Oder war es kein Traum gewesen? Lucy wurde nervös. Vielleicht träumte sie ja immer noch. Oder noch schlimmer; sie könnte tot sein.

Der alte Mann schien ihre Sorgen zu erkenne. "Keine Angst", sprach er in beruhigendem Tonfall, "Sie sind hier in Sicherheit. Sobald Sie wieder transportfähig sind, werden Sie auf die europäische Mondbasis verlegt." Sein Englisch war flüssig und akzentfrei. "Mein Name ist Doktor Ma Feng", sprach er weiter, "Sie hatten Glück im Unglück. Ihre Knochenbrüche konnten wir alle beheben und die Blutungen stoppen. Ihre Lunge war ebenfalls kollabiert. Deshalb dürften Sie noch ein unangenehmes Druckgefühl auf der Brust haben."

"Nicht nur da habe ich unangenehme Gefühle", antwortete Lucy, "mein ganzer Körper besteht aus Schmerzen."

"Das geht vorbei", beschwichtigte sie Doktor Ma. Er griff in die Seitentasche seines weißen Kittels und holte ein Datenpad hervor. Er tippte etwas darauf. Danach scannte er damit Lucys Körper. "Die Brüche sind schon ganz gut verheilt", sagte er zufrieden.

"Wann kann ich nach Hause?", wollte Lucy wissen.

"Ich denke, dass wir Sie nächste Woche schon nach Europa 1 überführen können. Bis dahin müssen Sie aber dringend Bettruhe einhalten. Ich gebe Ihnen ein Schlafmittel, um Sie ruhig zu stellen."
"Nein, warten Sie!"

Doch es war schon zu spät. Doktor Ma hatte ihr bereits mit einem kleinen Injektor eine Dosis verabreicht und augenblicklich wurde es Nacht.

Lucy erwachte erst am Morgen der Abreise wieder. Ihr Vater stand bereits an ihrem Bett. "Guten Morgen, Schlafmütze. Wird aber auch Zeit, gleich geht's los."

"Morgen, Papa." Lucy rieb sich die Augen und verfiel in ein heftiges Gähnen. Sie fühlte sich noch etwas schwach, aber die Schmerzen waren fast erträglich.

Anton Strasser ging am Bett entlang und ergriff die Hand seiner Tochter. "Ach ja", sagte er beiläufig, "das habe ich letzte Woche ganz vergessen dir zu sagen. Ich habe mit Professor Jules auf Kallisto gesprochen. Er ist zwar nicht unbedingt ein Freund von mir, aber er schuldet mir noch einen Gefallen. Und da habe ich mir gedacht, na ja, da es wohl nicht so ganz einfach zu sein scheint für dich. Also ich meine jetzt ..."

"Papa, red' nicht drum rum! Sag doch einfach, was los ist!"

"Oh, ich schweife ab. Ja. Entschuldige. Also, du kannst einen praktischen Studienplatz auf der Forschungsstation von Kallisto haben." Er wartete Lucys Jubelschrei ab, bis er weiter sprach: "Du wirst dort die Arbeiten am Drohnenaufklärungsprojekt der Galileischen Monde unterstützen."

Lucy konnte es noch nicht fassen. Sie würde sich auf die Reise zum Jupiter begeben und dort einen Beitrag zur Erforschung des Gasriesen und seiner Monde leisten. Wankend wie eine Betrunkene sprang sie auf und fiel ihrem Vater vor Freude in die Arme. Eine halbe Ewigkeit standen die Zwei so da. Lucy lebte. Trotz dieses schweren Absturzes, sie lebte. Da draußen musste sie mehr als einen Schutzengel gehabt haben. Sie spürte Freude, Dankbarkeit aber auch Bestürzung und Reue. Ihre Augen brannten und sie konnte ihre Tränen nicht mehr zurückhalten.

Ein Räuspern riss die beiden aus ihrer Umarmung. Doktor Ma stand in der Tür. "Kommen Sie, der Transporter wartet."

"Danke", entgegnete Lucys Vater. Beim Hinausgehen schlug Anton Strasser seinem neu gewonnenen Freund auf die Schulter. "Danke, dass Sie meine Tochter gerettet haben. Wir bleiben in Kontakt."

Doktor Ma nickte und begleitete beide zum Mondfahrzeug, das darauf wartete, sie nach Europa 1 zu bringen.

Sechs Wochen später befand sich Lucy an Bord der Philomena, einem kleinen Versorgungsschiff, das sie mit zum Jupitermond Kallisto nahm. Ihr Vater hatte leider keine Zeit gehabt, sie zu ihrem Shuttle zu bringen und so war sie alleine von der Mondoberfläche zum LOU-Raumhafen geflogen. Am Gate nach Kallisto hatten Luke und ein paar ihrer Freunde gewartet, um ihr alles Gute für ihren vierwöchigen Flug zu wünschen. Für das lange Jahr im äußeren Sonnensystem hatten sie ihr noch ein paar nicht ganz so nützliche, aber sehr sentimentale Andenken mitgegeben. Der rosa Plüscheinband für ihr Datenpad war der Oberhammer, ein Kitsch, ganz nach Lucys Geschmack. Dazu gab es noch eine Kaffeetasse mit Hologrammprojektion ihrer Freunde, damit sie bei langen Arbeitsschichten nicht so alleine war. Lucy umarmte jeden von ihnen innig. Und um ein Haar hätte sie noch ihren Abflug verpasst. Schweren Herzens trennte sie sich von ihren Freunden und ging durch die Gangway, die sie direkt zum Innern des Versorgungsschiffes brachte.

Sie wusste nicht, wie sie sich fühlen sollte. All die Jahre war sie von dieser unbändigen Sehnsucht geprägt gewesen, hinaus in den Weltraum zu reisen. Nun, da es endlich so weit war, wurde sie unsicher und ein leichter Anflug von Heimweh überkam sie. Noch war die Erde von der Aussichtskuppel am Heck der Philomena mit bloßem Auge zu sehen, aber dennoch spürte sie die ständig anwachsende Distanz zu ihrer Heimat.

Lucy wandte ihren Blick ab und kehrte in ihre Kabine zurück. Sie war der einzige Passagier auf diesem Flug und die Besatzung, die gerade mal aus drei Personen bestand, hatte keine Zeit sich um den Gast zu kümmern. Lucy hatte das Angebot sich für die Dauer des Fluges in einen Kälteschlaf versetzen zu lassen abgelehnt. Sie wollte die Reise nutzen, um sich so gut es ging auf ihre neue Aufgabe vorzubereiten. Der Umgang mit den Drohnen würde schon nicht so schwer sein, dachte sie sich und die Vorfreude darauf, die inneren Monde des Jupiters genau unter die Lupe zu nehmen, erfüllte sie bereits jetzt mit Stolz und dem für Wissenschaftler typischen Wissensdrang. Sie schaltete ihr in rosa Plüsch gehülltes Datenpad ein und versank ganz in ihrer Arbeit.

Lautlos glitt die Philomena dahin und ließ den blauen Planeten einsam zurück.

- Ende -

Ghontas Grab

"Kontakt zur Sonde verloren!" Cassandra Basels helle Stimme klang ruhig und gefasst. Dass die Sonde auf ihrer Mission verloren gehen würde, stand von vornherein fest. Dass sie überhaupt so lange funktioniert hatte, grenzte für die Wissenschaftlerin schon fast an ein Wunder. Cassandra strich sich eine imaginäre Falte aus ihrem weißen Kittel und drehte ihren Kopf zu ihrem Kollegen um. Ihre langen braunen Locken umrandeten ihr karamellbraunes Gesicht und ihre wachen braunen Augen leuchteten diesen an. "Gar nicht mal so schlecht gelaufen, Brian."

Brian erwiderte Cassandras Lächeln und kratzte sich gedankenverloren an der Schläfe. Sein ehemals pechschwarzes Haar war mittlerweile grau meliert und kurz geschoren. Einer zweiten Karriere als Infanterist der Raummarine stand frisurtechnisch nichts im Wege. Jedoch dürfte seine pazifistische Grundhaltung nicht unbedingt zu seinen Aufstiegschancen dort beitragen. Brian zwinkerte den lächerlichen Gedanken mit seinen dunkelgrünen Augen fort und grinste Cassandra noch breiter als ohnehin schon an. Seine Miene wurde jedoch ernst, als sein Blick hinaus in den dunklen Weltraum wanderte. Das Monster, welches nur einen astronomischen Wimpernschlag hinter den großen Panoramafenstern lauerte, ließ ihn immer noch erschaudern. Selbst nach all den Wochen, die er nun hier auf der Forschungsstation lebte.

"Haben wir schon verwertbare Daten?", fragte er mit abwesender Stimme.

"Noch nicht", antwortete Cassandra.

Brian stand von seinem Terminal auf und ging hinüber ans Fenster. Er schaute dem tödlichen Schlund des Schwarzen Lochs direkt ins Auge. Brian hatte das ungute Gefühl, als schaue das unsichtbare Monster unverhohlen zurück, bis tief hinein in seine Seele.

Bei dem Gedanken lief es Brian eiskalt den Rücken hinunter. Er fixierte den kleinen Korridor zwischen dem Mahlstrom der Singularität und dem wild zappelnden Pulsarstern, welcher das kosmische Inferno als Trabant umkreiste. Irgendwo dort, in dieser seltsamen Anomalie, die sie vor ein paar Tagen entdeckt hatten, hatte ihre Sonde ihr Leben ausgehaucht. Brians Nervosität gewann so langsam neue Dimensionen - ein schlechter Zeitpunkt mit dem Rauchen aufzuhören. Er kramte in seiner Hosentasche und fingerte nach einem seiner Bonbons. Bedächtig entfernte er das raschelnde Silberpapier und steckte sich den kleinen Suchtersatz in den Mund. Seine Nervosität galt weniger der Sonde (davon hatten sie weiß Gott noch genug im Hangar), vielmehr beunruhigte ihn die Lage ihrer Forschungsstation. Ihr Orbit, so knapp am Rande des Ereignishorizonts, bedeutete bei der kleinsten Abweichung von ihrem Kurs den grauenhaftesten Tod, den man sich vorstellen konnte.

"Verdammt!", entfuhr es Brian. Es sah ganz nach einem weiteren Fehlschlag aus. Er blickte zurück zu Cassandra, die konzentriert auf ihren Monitor schaute. Langsam schüttelte sie den Kopf. "Vielleicht sollten wir doch ..."

"Zu gefährlich!"

"Das ist Unsinn, Brian. Das weißt du."

"Wir wissen nicht was passiert, wenn wir die Sonde springen lassen." Er ging in Gedanken Cassandras Vorschlag noch einmal durch. Die Idee, die Sonde kurz vor dem Erreichen der Anomalie in den Hyperraum springen zu lassen, um sie dann abseits des Schwarzen Loches mitsamt ihrer Daten aufsammeln zu können, hatte auf den ersten Blick einen besonderen Reiz. Aber welche Auswirkungen würde es für die Station haben, wenn die Sonde den nahe gelegenen Raum für ihren Sprung krümmte? Brian fürchtete, dass der schmale Grad auf dem sie hier wandelten, weg brechen und in den endlosen Schlund der Bestie stürzen würde. "Nein, Cassandra, das kommt nicht in Frage!"

Sie zuckte mit den Schultern. "Wenn du noch Sonden hier rein jagen willst, wenn du alt und grau bist ..." Sie fuhr sich provokant durchs Haar.

Brian brummte mürrisch und schaute wieder hinaus. "Was, wenn's schiefgeht? Die Leben von zehn Menschen hängen hier an seidenen Fäden."

"Es wird nichts schiefgehen. Ich habe meine Berechnungen mehrfach geprüft. Der Sprung ist für uns absolut unb ..."

Ein plötzliches Fauchen erklang. Knisternd wölbte sich das Energieschild und erstrahlte im Glanz eines todbringenden Gammastrahlenauswurfes des Pulsarsterns.

"Es ist unbedenklich?" Brian steckte die Hände in die Seitentaschen seines Kittels.

"Vertrau mir, Brian!" Cassandras Miene war fest und selbstsicher.

Brian zögerte. Sein Blick wanderte zwischen dem Schwarzen Loch und Cassandras Augen hin und her. "Also gut", er atmete tief ein, "ein Versuch." Die Luft entwich hörbar aus seiner Lunge. "Mehr nicht. Ein Versuch."

Cassandra nickte. "Danke, Brian."

"Wie lange brauchst du für die Vorbereitungen?"

"Nicht lange. Vielleicht eine Stunde."

"Gut." Oder auch nicht. Das Risiko war verdammt hoch. Aber Cassandra hatte recht. So langsam brauchten sie Resultate.

Cassandra wandte sich zum Gehen. "Ich bin dann im Hangar."

Wortlos winkte Brian ab und schaute hinaus in die Dunkelheit.

Eine gute Stunde später kam Cassandra wieder auf die Brücke, den Ingenieur Felix Bointers im Schlepptau.

"Professor", murmelte der untersetzte, kahlköpfige Mann zum Gruß.

Brian nickte. "Alles bereit?"

Cassandras Grinsen verriet ihm die Antwort, noch bevor sie seine Frage bejahte.

"Also gut."

"Mach nicht so ein Gesicht, als wäre es deine Beerdigung!" Cassandra berührte ihn sanft an der Schulter und schenkte ihm ein aufmunterndes Lächeln.

"Wird schon schiefgehen", sagte Bointers und nahm seinen Platz an Cassandras Konsole ein, da diese sich auf die Berechnung und Durchführung des Sprungs konzentrieren musste und sich am gegenüberliegenden Arbeitspult platziert hatte.

"Starten Sie die Drohne!" Cassandra blickte Bointers an.

Dieser quittierte die Anweisung mit einem Nicken.

Brian griff erneut in seine Hosentasche und erbeutete das letzte Bonbon. Ein wirklich schlechter Zeitpunkt, um mit dem Rauchen aufzuhören.

"Drohne ist auf dem Weg", sagte Bointers.

Cassandra blickte stumm auf den Monitor. Sie biss sich nervös mit den Zähnen auf ihre Unterlippe, die Augen halb zusammengekniffen.

Brian atmete durch und sog die befreienden ätherischen Öle seines Bonbons tief in seine Lungenflügel ein.

"Drohne nähert sich der Anomalie."

Cassandra blieb weiter stumm.

"Wir verlieren gleich den Kontakt!" Bointers' sonst so ruhige Stimme überschlug sich: "Der Sprung ... führen Sie ..."

Mit erhobener Hand brachte Cassandra ihn zum Schweigen, den Blick immer noch fest auf den Monitor fixiert.

Bointers schaute sie mit aufgerissenen Augen an.

Brians Bonbon wanderte in die Speiseröhre.

Ein gequältes Husten durchdrang die Stille, gefolgt von einem leichten Röcheln, als Brian es schaffte das Bonbon zurück in den Mund zu würgen.

"Sprung!", rief Cassandra.

Brian klopfte sich theatralisch auf den Brustkorb, als wäre er nur knapp dem Tode entronnen.

Dafür erntete er von Cassandra nur ein müdes Kopfschütteln. Ihre braunen Augen fixierten ihn. "Sprung durchgeführt." Sie wandte sich an den Ingenieur. "Position?"

Bointers fuhr mit der Hand über das Eingabefeld seiner Konsole. Seine angespannten Gesichtszüge lockerten sich. "Ich hab sie." Er blickte auf und seine Lippen formten doch tatsächlich so etwas wie ein angedeutetes Lächeln.

"Legen Sie die Position auf den Schirm!" Brian konnte es noch nicht fassen. Es hatte funktioniert. "Können wir die Daten abrufen?", wandte er sich an Cassandra.

Während die Position auf dem großen Sichtschirm auftauchte, machte sich Cassandra bereits daran Funkkontakt mit der Drohne aufzunehmen. "Scheiße!"

"Was?"

"Das Signal kommt nicht an, Brian." Cassandra blickte auf den Schirm. "Das verstehe ich nicht. So weit ist sie doch nicht entfernt."

Brian zuckte mit den Schultern. "Dann müssen wir sie wohl bergen." In Brians Magen breitete sich ein unangenehmes Gefühl aus. Was, wenn die Drohne beschädigt war und ihnen keine Daten liefern würde? "Bointers, würden Sie das veranlassen?"

"Geht klar, Professor." Der untersetzte Ingenieur wollte sich gerade auf den Weg machen, als plötzlich die Alarmsirene losschrillte.

"Kollisionsalarm!", meldete der Bordcomputer.

"Kollisionsalarm?! Womit?!" Brian versuchte den Alarm zu übertönen. Er schaute zu Bointers. "Schalten Sie den Lärm ab!"

Brian konnte seine Antwort nicht verstehen. Dass der Ingenieur sich jedoch kurz mit dem Terminal befasste und kurz darauf Ruhe einkehrte, zeigte, dass dieser ihn verstanden hatte.

"Verdammter Mist!", zischte Cassandra in die gespenstische Stille.

Brian und Bointers schauten sie erwartungsvoll an.

"Das kann nicht sein. Wo kommt das Ding her?"

"Was ist los, Cassandra?" Brian war schon auf halbem Weg zu ihr.

Cassandra deutete auf den Sichtschirm. Das Bild, welches sie dorthin umgeleitet hatte, ließ Brian das Blut in den Adern gefrieren. Ein Asteroid. Dunkel, bedrohlich und massiv.

"Wo kommt der her?!"

Cassandra schüttelte den Kopf, ihr Mund stand offen. "Ich ... vielleicht ... der Sprung. Klar, der Sprung. Die Krümmung des Raums muss ihn hergerissen haben." Sie schlug mit der Faust auf den Tisch.

"Bointers! Zünden Sie die Triebwerke! Ausweichmanöver!", rief Brian.

"Lassen Sie's!", brüllte Cassandra. Sie packte Brian am Arm. "Raus hier! Es ist zu spät!"

Cassandras Worte waren kaum verklungen, als die Station von einem heftigen Schlag getroffen wurde. Der Boden wackelte, als befände sich die Station im Epizentrum eines Erdbebens. Die Beleuchtung erlosch. Die künstliche Schwerkraft versagte. Brian spürte, wie er in den Raum getrieben wurde. Reflexartig griff er nach dem Computerpult und klammerte sich fest. Mit der rechten Hand packte er Cassandra.

Erneut brüllte der Alarm los. Die Notbeleuchtung sprang an und die künstliche Schwerkraft kehrte zurück.

Unsanft landete Brian mit den Füßen voran auf dem Boden.

Cassandra kam neben ihm zum Stehen und fand schneller ihr Gleichgewicht wieder. "Alles okay, Brian?"

"Ich glaub' schon."

Ein Schmerzschrei ertönte.

Bointers hatte scheinbar nicht so viel Glück bei der Landung gehabt. "Verdammte Scheiße!", presste er zwischen den Zähnen hervor.

Cassandra bahnte sich einen Weg zu ihm.

Bointers deutete auf seinen Fuß und kniff die Augen zusammen. "Scheiße!"

"Halten Sie still!" Cassandra kniete sich und tastete nach seinem Knöchel.

"Ah! Verdammt!"

"Es schwillt schon an", bemerkte Cassandra, "mindestens verstaucht. Brian?!" Cassandra drehte sich zu dem Wissenschaftlicher um. "Komm her! Wir müssen ihn stützen!"

Brian kämpfte sich den Weg durch die umgestürzten Tische und dem auf dem Boden verstreuten Equipment zu ihnen durch.

"Du links, ich rechts!"

Brian nickte, packte Bointers und hakte ihn gemeinsam mit Cassandra unter.

Noch bevor sie losmarschierten, setzte Cassandra eine Nachricht an die übrige Besatzung ab, sich zum Rettungsshuttle zu begeben. Auf eine Antwort wartete sie jedoch nicht. Nun zählte jede Sekunde und jeder war mehr oder weniger auf sich alleine gestellt.

Man brauchte keine ausgeprägten Navigationskenntnisse, um zu erkennen, dass sie der Einschlag aus ihrem sicheren Orbit geworfen hatte und die Station drohte ins Schwarze Loch zu stürzen.

"Können wir die Station nicht stabilisieren?", fragte Brian.

Bointers legte den Kopf schief. "Keine Ahnung." Er schaute sich nach einem funktionierenden Terminal um. In dem Chaos auf der Brücke dürften sie kein Glück haben. "Zumindest nicht von hier."

"Versuchen wir's von der Hangarkontrolle!", sagte Cassandra und im stillen Einverständnis gingen die Drei los.

Die Tür des Kontrollraums funktionierte noch und glitt zischend zur Seite.

Cassandra ließ ein erleichtertes Schnauben von sich. Ihr Blick fiel in den Gang, der nur fahl von der Notbeleuchtung erhellt wurde.

Der Zugang zum Hangar befand sich eine Ebene unter ihnen, auf der gegenüberliegenden Seite des Korridors. Die größte Anstrengung auf ihrem kurzen Weg waren die Treppen, die sie mit dem verletzten Bointers in ihrer Mitte hinuntersteigen mussten.

Unten angekommen empfing sie schon das unruhige Stimmgewirr der restlichen Mannschaft.

"Was ist passiert?" Die Stationsärztin Claire Vanders schaute die drei Neuankömmlinge mit ihren kalten grünen Augen an. Ihre Frage zielte sowohl auf die Evakuierung der Einrichtung als auch auf Bointers Zustand ab.

"Er hat sich den Knöchel verstaucht", sagte Cassandra.

"Lassen Sie die Diagnose mal meine Sorge sein." Die kalten Augen wanderten zu Brian und schauten ihn fordernd an.

"Keine Zeit für Erklärungen! Wir müssen hier weg!"

Ein heftiger Stoß durchfuhr die Station. Nur mit Mühe konnten Cassandra und Brian sich mit Bointers auf den Beinen halten.

Vanders stützte sich an der Wand ab und schaute zum Hangar. Was sie sah, gefiel ihr ganz und gar nicht. "Die Station hat sich gedreht!", fluchte sie.

Brian folgte ihrem Blick und schluckte. "Das darf doch nicht ..."

Hinter dem blau schimmernden Kraftfeld des Hangartores, welches sie vor dem Vakuum schützte, konnte Brian die typische Krümmung von Raum und Zeit sehen, deren Erforschung er sein Leben verschrieben hatte. Das absolute schwarze Zentrum des Gravitationsmonsters krümmte das Licht der dahinter liegenden Sterne und starrte unverhohlen auf seine nahende Beute.

Wenn sie jetzt mit dem Shuttle starteten, so nah am Ereignishorizont, würde sie das Schwarze Loch gnadenlos verschlingen.

"Wir müssen die Station drehen, bevor wir starten", presste Bointers unter Schmerzen hervor. "Bringen Sie mich zur Hangarkonsole!"

Brian und Cassandra schleppten den Verletzten zum kleinen Seitenraum des Hangars, in dem sich die Leitzentrale für diesen Bereich befand.

"Gehen Sie schon an Bord und sorgen Sie dafür, dass das Shuttle startklar ist!"

"Soll ich vielleicht auch fliegen?", blaffte Vanders, "ich bin Ärztin und keine Pilotin!"

Brian winkte ab. "Sorgen Sie nur, dass alle an Bord sind! Cassandra wird das Shuttle fliegen!", rief er Vanders vom Eingang der Flugzentrale aus zu, die sie gerade erreicht hatten.

Sie halfen Bointers an die Konsole und dieser machte sich direkt an die Arbeit. In seine vor Schmerz verspannten Gesichtszüge mischte sich nach kurzer Zeit Verzweiflung.

Brian erahnte schon, was Bointers sagen wollte, als dieser den Blick vom Monitor nahm und ihn anschaute.

Der Ingenieur stöhnte leise auf, bevor er sprach: "Die automatische Steuerung ist im Arsch."

"Das war's also." Cassandra ließ die Schultern hängen.

Bointers hob den linken Zeigefinger in die Luft, als durchführe ihn ein gewaltiger Geistesblitz. "Vielleicht noch nicht." Er schaute Brian an. "Die manuelle Steuerung könnte noch intakt sein."

Cassandras Miene erhellte sich.

"Aber", fuhr Bointers fort, "ich müsste die Triebwerke vom Maschinenraum aus zünden."

"Ausgeschlossen!" Cassandra wusste, was dies bedeutete. "Das ist ein Himmelfahrtskommando! Sie kämen nie rechtzeitig zum Shuttle ..."

"Cassandra hat recht. Und mit ihrem Bein schaffen Sie es nicht rechtzeitig bis runter."

Cassandra nickte zustimmend.

"Cassandra, bring Bointers aufs Shuttle und macht euch startklar. Ich gehe."

"Was?!" Cassandras Augen weiteten sich vor Schreck. "Das ist dein Tod!"

"Entweder meiner oder unser aller."

"Nicht, Brian!" Sie ließ Bointers los und packte Brian mit beiden Händen an den Oberarmen.

"Autsch!" Bionters klammerte sich ans Terminal, um nicht zu stürzen.

"Es gibt keine andere Lösung, Cassandra." Brian schaute tief in ihre braunen Augen. "Ich wünschte, es gäbe sie."

Cassandra schluchzte leise. Sie schaffte es nicht, irgendwas zu sagen.

Sachte gab er ihr einen Kuss auf die Stirn und löste sich aus ihrem erschlaffenden Griff. Er schaute zum Ingenieur. "Also, Bointers, wo finde ich die manuelle Steuerung?"

Bointers gab Brian eine kurze Einweisung, wie und wo er die Triebwerke für die Rotation der Station fand und wie sie funktionierten.

Ein Klacks. Einfach am richtigen Hebel ziehen und das war's.

"Dann los! Die Zeit läuft davon!" Brian machte sich auf den Weg zurück zum Korridor.

"Brian!" Cassandra schaute ihm nach.

Brian drehte sich um.

Ihre Blicke trafen sich.

Eine Träne löste sich aus Cassandras Auge und lief ihr die Wange hinunter.

Brian nickte ihr zu. "Leb' wohl, Cassandra", flüsterte er. Dann drehte er sich um und verschwand im Gang.

Der Maschinenraum befand sich im untersten Deck. So schnell er konnte, stürmte Brian die Stufen der Metalltreppe hinunter. Jeder Schritt produzierte ein widerhallendes Vibrieren. Innerlich betete Brian rechtzeitig das nötige Manöver durchführen zu können, damit Cassandra und die anderen eine Chance hatten zu überleben. Sein eigenes Schicksal versuchte er mit mäßigem Erfolg auszublenden.

Endlich erreichte er das Schott zum Maschinenraum. Das rote Warnlicht zu seiner Rechten bedeutete nichts Gutes. Brian schaute durch das Bullauge der Tür.

"So eine ..."

Hier war also der Asteroid mit der Station kollidiert. Kein Wunder also, dass die Station so leicht aus ihrer Umlaufbahn gerissen worden war.

Brians Blick wanderte durch den verwüsteten Raum jenseits der Sichtscheibe. Die Außenhaut der Station gab es hier faktisch nicht mehr. Die fernen Sterne funkelten ihn hämisch an, gedämpft von einem bläulichen Schimmer. Brians Herz machte einen Satz. Er ging zur Konsole, die unter der roten Warnleuchte in die Wand eingelassen war und rief einen Statusbericht auf. Der fahle Hoffnungsschimmer wandelte sich in Gewissheit; das Notkraftfeld der Station war stabil und hielt den äußeren Widrigkeiten stand. Im Maschinenraum herrschte zwar das totale

Chaos, aber die Atmosphäre war vorhanden und atembar, wenn auch der Computer davon abriet, den Raum ohne Schutzanzug zu betreten. Doch für derlei Spielchen hatte Brian jetzt nicht die Zeit. Er tippte seinen Autorisierungscode in die Konsole und öffnete das Schott.

Gehetzt schaute er sich um. Die Konsole, die er suchte, befand sich an der seitlichen Zwischenwand in der Nähe des Einschlaglochs. Die kleinen Hebel und Schalter der Konsole wurden von dem blauen Licht der Energiebarriere beschienen. Hoffentlich war die Konsole nicht tot. Sonst wäre alles aus. Brians Beine begannen zu zittern, als sie ihn das kurze Stück zum Ziel trugen. Seine Augen fixierten die beiden kleinen Metallschalter, die ihm Bointers benannt hatte. Jetzt kam es drauf an.

Brian berührte die Schalter mit Zeige- und Mittelfinger und hielt den Atem an. Er schloss die Augen. Er sah Cassandras Gesicht aufblitzen, ihr Lächeln, ihre sinnlichen roten Lippen, die tiefen braunen Augen, in denen er sich schon so oft verloren hatte ...

Er legte die Schalter um. In den schnaufenden Klang seiner durch Nase und Mund gleichzeitig entweichenden Luft mischte sich ein tiefes Brummen.

"Jaaaa!", schrie er auf. Die Triebwerke zündeten. Brian öffnete die Augen und schaute durch die klaffende Wunde der Station hinaus. Die fernen Sterne begannen zu wandern. Er hatte es tatsächlich geschafft. Cassandra und die anderen würden überleben ... Aber ... Vielleicht ... Brians Herz machte einen Satz. Wenn er schnell genug war ... und den Hangar erreichte, bevor die Station die Rotation beendet hatte …

Brian drehte sich ruckartig um und begann zu laufen. Plötzlich heulte ein Alarm los. Das bläuliche Licht des Energieschilds begann zu flackern. Brian war fast an der Schleuse. Das Summen der Energie verstummte. Schlagartig wurde es ersetzt durch ein ohrenbetäubendes Rauschen, als die luftleeren Lungen des Weltalls am Inneren der Station saugten. Brian streckte die Hand aus. Er war fast da. Die Schleuse schloss sich. Die eisigen Finger der dunklen Bestie umschlossen den Wissenschaftler und zogen ihn hinaus in die Unendlichkeit.

"Er hat es tatsächlich geschafft!" Die sonst so kühle und berechnende Stimme von Vanders überschlug sich förmlich. Sie schaute zu Cassandra, die angespannt im Pilotensitz des Shuttles saß.

Geistesabwesend schaute Cassandra durch das Tor hinaus ins All. Das Schwarze Loch begann aus ihrem Sichtfeld zu wandern. Nur noch wenige Sekunden und sie mussten starten. Ihr Blick wandte sich von dem Monster ab und wanderte zur kleinen Schleuse, in der Brian vorhin verschwunden war. Vielleicht schaffte er den Rückweg ja.

"Worauf warten wir?" Die Kälte war in Vanders' Stimme zurückgekehrt.

Cassandra blickte in ihre emotionslosen Augen. "Vielleicht schafft er 's."

"Blödsinn! Eher gehen wir alle drauf! Und das wissen Sie!"

Obwohl Cassandras Herz anderer Meinung war, war ihr Verstand bei Vanders. Sie schluckte hart und zündete die Schwebetriebwerke, um das Schiff zum Hangartor zu steuern.

Kurz bevor sie das Energiefeld erreichten, flackerte dieses seltsam auf und erlosch. Der tosende Luftstrom riss an dem kleinen Shuttle.

"Verdammte ...!", stieß Cassandra hervor. Sie kämpfte mit der bockenden Steuerung. Sie waren noch nicht in Position. Die Hangarwand kam bedrohlich näher. Cassandra hämmerte auf die Konsole und startete das Haupttriebwerk.

Die Flammen verwandelten den Innenraum des Hangars in ein Krematorium, welches nur wenige Millisekunden später vom tödlichen Vakuum gelöscht wurde. Wie ein flammendes Projektil schoss das Shuttle mitsamt des restlichen sterbenden Feuers durch die schmale Öffnung hinaus ins All.

Cassandra und Vanders hielten den Atem an.

"Da!", schrie Vanders auf.

Cassandra sah die Gesteinsbrocken fast gleichzeitig. Halb so groß wie ihr Shuttle drohten sie die Flüchtenden zu pulverisieren.

Cassandra biss sich auf die Unterlippe. Ihre braunen Augen verengten sich zu Schlitzen. Die eingesogene Luft in ihren Lungen brannte wie Feuer. Pfeilschnell änderte Cassandra den Kurs. Ein Haken rechts, ein Haken links. Zwei Brocken ... drei Brocken passiert. Noch einer ... Sie drückte das Steuer hart nach vorn. Das Shuttle tauchte ab. Ein knirschendes

Geräusch brüllte durch das Cockpit. Der Brocken streifte die Hülle. Die Vibrationen rüttelten die Insassen gnadenlos durch. Cassandra wartete auf die Explosion, das Feuer, das Bersten des Cockpitfensters und auf den Tod.

Doch das Knirschen verging, ohne das sie starben.

Erst jetzt entluden sich ihre Lungenflügel wie ein unbändiger Orkan.

"Das war knapp." Vanders zitterte am ganzen Leib.

"Es ist noch nicht vorbei." Das Schwerste kam jetzt erst, wusste Cassandra. Die Schwerkraft des Höllenschlundes würde sie nicht einfach so davonziehen lassen.

Wie zur Bestätigung begann ihr Shuttle auf seinem Kurs wie wild zu schlingern. Die Trägheitsdämpfer kamen gegen die schiere Urgewalt der Gravitation nicht mehr an. Cassandra fühlte sich in ihrem Sitz wie in einer Schrottpresse. Schwerfällig rann sie nach Luft, während ihre Finger krampfhaft am Steuerknüppel zogen.

"Wir brauchen mehr Schub!", schrie sie zu Vanders.

Fragend schaute diese zurück.

Cassandra hätte doch akzeptieren sollen, den verletzten Bointers in den Copilotensitz schnallen zu lassen. "Der Regulator rechts neben Ihrem Bildschirm!"

Unsicher führte Vanders die Hand an den Hebel.

"Nach vorne! Ganz nach vorne!"

Vanders legte den Schalter um. Auch ihr fiel jede Bewegung sichtlich schwer. Die G-Kräfte wurden unerträglich.

Cassandra kämpfte verzweifelt gegen die drohende Ohnmacht. Wenn sie jetzt das Bewusstsein verlor, wären sie alle tot.

Cassandra schaute auf die Anzeigen. Sie gewannen kein bisschen an Schub. Im Gegenteil; sie wurden langsamer. Ohne den schützenden Magnetkorridor der Station waren die Anziehungskräfte des Schwarzen Lochs zu stark. Ihre Flucht verzögerte nur das Unausweichliche. Cassandra blickte auf den rückwärtigen Schirm und sah die zerbrechende Station, die sich bereits hinter dem Ereignishorizont befand. Brian, ging es ihr durch den Kopf. War er schon ...

Vermutlich. Und sie bald auch, wenn ihr nichts einfiel.

"Wir werden sterben", presste Vanders hervor.

Cassandra schaute weiter der Station hinterher und ignorierte die Ärztin. Sie musste eine Lösung finden. Und zwar schnell.

Hinter dem verzerrten Lichtbogen, der das Schwarze Loch umgab, kam der flackernde Pulsar zum Vorschein. Sein durch die Gravitation brechendes Licht zündete den entscheidenden Funken in Cassandras Hirn.

Natürlich! Das war es! Genau wie der Trabant des dunklen Monsters würden auch sie seine eigene Gravitation für die Flucht nutzen. Ein altertümliches Swing-by-Manöver. Wenn sie es schaffen sollten, den Ereignishorizont im richtigen Winkel zu streifen ...

Für lange Berechnungen blieb keine Zeit. Cassandra musste sich auf ihr Geschick und ihr Glück verlassen. Und von Letzterem benötigten sie eine ordentliche Portion.

"Festhalten!"

Eine unnötige Anweisung, denn Vanders verkrampfte sich bereits regelrecht in ihrem Sitz, in den sie mit aller Macht gepresst wurde.

Cassandra riss das Steuer herum, bis die Nase des Schiffes ins Zentrum der Dunkelheit wies.

"Was tun Sie da?!", schrie Vanders mit röchelnder Stimme.

Cassandra blendete die Ärztin aus und konzentrierte sich. "Jetzt bloß keinen Fehler", ermahnte sie sich in Gedanken. Vielleicht hatte sie es auch laut ausgesprochen. Was änderte das schon?

Verbissen hielt sie das Steuer umklammert. Sie versuchte ruhig zu atmen. Doch der Druck der Gravitation wurde immer stärker. Cassandra fühlte, wie sie an der Schwelle zur Ohnmacht wanderte. "Bleib wach!", ermahnte sie sich mit heiserer Stimme.

"Sie bringen uns um!" Vanders' Anwesenheit wurde Cassandra nur für einen Sekundenbruchteil gewahr.

Der Mahlstrom des Schwarzen Lochs kam immer näher. Die ionisierten Gase an seinem Rand brannten in Cassandras Augen. Der Pulsar, der erneut hinter seinem Mutterstern auftauchte, flackerte wie ein Leuchtturm.

"Jetzt!" Cassandra zog am Steuer und schwenkte gleichzeitig das Shuttle in eine Rolle. Sie fixierte das dünne Band leuchtender Gase. Ein Höllentrip stand ihnen bevor. Das schmale Band wurde breiter. Cassandra erkannte die feinen Strukturen des entzündeten Gases. Zwei gegensätzlich fließende Ströme umschlangen sich auf ihrem letzten Weg in die ewige

Dunkelheit. Das Cockpit wurde in brennende Gelb- und Rottöne getaucht. Der brennende Strom rückte näher und näher. Seine Wogen empfingen das kleine Shuttle. Heftige Stöße kämpften gegen die Hülle des kleinen Gleiters an. Die Vibrationen im Inneren waren unerträglich. Cassandra fühlte jeden einzelnen Knochen, jeden einzelnen Muskel, ja, sogar jede einzelne Zelle ihres Körpers.

"Ahhhhhh!" In Vanders' Augen stand pure Todesangst.

Und dann ... schlagartig ... war es still.

Still und dunkel.

Cassandra fühlte sich, als schwebe sie als Geist über ihrem Körper.

Der Scheitelpunkt. Sie waren am Scheitelpunkt des Ereignishorizonts. Die wenigen Millisekunden fühlten sich wie Minuten an.

Cassandras Geist war sich der Umgebung bewusst, nahm die Ärztin zu ihrer Seite wahr, blickte auf die unbändigen Feuer des entzündeten Gases, spürte förmlich die Nähe der Singularität. Doch ihr Körper arbeitete um ein Vielfaches langsamer, gebremst von der gewaltigen Gravitation des nahen Monsters. Cassandra dachte an Brian. Hatte er leiden müssen? Spürte er auch jetzt noch den unvorstellbaren Schmerz, während sein Körper Atom für Atom zerrissen wurde? Würden sie ihm nun folgen?

Cassandra fühlte seltsamerweise keine Angst. Nur eine gewaltige Enttäuschung über sich selbst, dass sie es nicht geschafft hatte, die anderen zu retten. Sie hatte versagt. Erneut.

Vanders' krächzte laut auf. Die Zeit beschleunigte.
Cassandras Körper begann wieder ihrem Geist zu ge-
horchen. Wenn auch nur zum Teil. Denn die gewaltige Kraft der Beschleunigung drückte sie in den Sitz.
"Nicht ohnm ..."

Dunkelheit empfing Cassandras Geist. Dunkelheit
und Frieden.

"Cassandra!"

Wo war sie? Alles war dunkel. Ihr Körper war
schwerelos. Sie schwebte. War sie tot? Hatte ihre
Seele ihren geschundenen Körper verlassen?

"Cassandra, hören Sie mich?"

Cassandra spürte eine kalte Hand in ihrem Nacken.
Und ebenso kalte Finger an ihren Augenlidern. Ihre
Augen wurden geöffnet und dann brannte ein gewal-
tiger Feuerschein auf ihrer Netzhaut.

"Die Pupillen reagieren normal. Cassandra, wachen
Sie auf!"

Jetzt erkannte Cassandra die eisige Stimme. Vanders.

Langsam sammelte sich ihr Bewusstsein. "Wo ...
bin ich? Was ...?"

Ihre Augen begannen die ersten klaren Bilder an
ihren Verstand zu liefern. Cassandra schwebte scheinbar mitten im Frachtraum des Shuttles.

Die Ärztin war bei ihr und hielt eine kleine Untersu-
chungslampe in der Hand. "Wir dachten schon, wir
hätten sie verloren."

Cassandra versuchte reflexartig aufzustehen, keine gute Idee, so freischwebend bei Nullgravitation.

"Langsam", ermahnte sie Vanders, "die künstliche Schwerkraft ist ausgefallen. Und auch sonst fast jedes System." Sie lächelte sanft. "Aber Bointers meint, das bekommt er bis morgen hin."

"Wir leben?"

Vanders lachte auf. "Dank Ihnen!" Sie legte eine Hand auf Cassandras Schulter. "Sie haben uns allen den Arsch gerettet. Danke."

Cassandra konnte es kaum glauben. Sie hatten es geschafft. Sie waren am Leben. Dank ihr. Dank ihres Glücks. Dank Brian.

Ihr Herz verkrampfte sich. Brian. Langsam löste sich Cassandra aus Vanders' Griff. Dann stieß sie sich sachte von der Ärztin ab und schwebte langsam zum Bullauge des Laderaums. Ihr Blick fiel hinaus auf den Höllenschlund, der sich nun in sicherer Entfernung zu ihrem Shuttle befand. Sein wild dahineiernder Begleiter umrundete ihn in wildem Tanz.

"Brian", flüsterte Cassandra. Sie spürte eine Hand auf ihrer Schulter.

"Wenn sich Professor Ghonta nicht geopfert hätte ...", begann Vanders.

"... wären wir alle tot", vollendete Cassandra den Satz und schaute mit traurigen Augen auf Brians Grab. Ghontas Grab.

- Ende -

Clive

Ein leises Summen führte seinen Verstand langsam wieder aus der Dunkelheit. Was war passiert? Benommen versuchte er sich aufzurichten. Sein schmerzender Unterschenkel fühlte sich an, als wäre er durch den Fleischwolf gedreht worden. Vorsichtig tastete er sein Bein ab und öffnete die Augen.

Blut sickerte durch eine grässlich aussehende Schnittwunde; langsam und behäbig, also schien wenigsten keine Arterie durchtrennt zu sein.

Mit zitternden Beinen stand er am demolierten Steuerpult und schaute sich um. Durch das geborstene Cockpitfenster strömte feuchtwarme Luft herein, geschwängert mit tierischen Lauten, die er im Leben noch nicht gehört hatte. Das Grün des Dschungels war allgegenwärtig. Ein Wunder, dass er die Bruchlandung in diesem Gehölz überlebt hatte.

"Argh!" Der Schmerz pochte durch seinen Körper. Hastig suchte er nach dem Erste-Hilfe-Kasten, den er in dem Durcheinander des verwüsteten Cockpits vermutete. Vorsichtig humpelte er durch die Trümmer und wurde bald fündig. Der verbeulte weiße Kasten war für ihn gerade mehr wert als seine Mission.

Hastig öffnete er den Kasten und fischte den kleinen Laserbrenner heraus. Prüfend wog er das kleine Gerät in der Hand, legte es kurz zur Seite und kramte erst noch die kleine Ampulle mit dem Schmerzmittel hervor. Er löste die Verschlusskappe und rammte sich die hervorspringende Nadel tief in den Oberschenkel.

Der stechende Schmerz verblasste, noch bevor er seinen intensiven Höhepunkt erreichen konnte, und nahm den imaginären Fleischwolf gleich mit.

Erleichtert atmete er auf. Dann griff er erneut zum Brenner. "Nicht lange fackeln!" Er zündete das kleine Gerät und führte es über die offene Wunde am Bein. Die Stofffetzen seiner zerrissenen Hose verdampften ebenso wie die Partikel seines Fleisches und stießen einen bestialischen Gestank aus, welcher sich mit dem Geruch des Dschungels vermischte.

Beinahe hätte sich sein Magen entleert und nur mühsam gelang es Clive dem Würgeimpuls zu widerstehen.

Das Summen in seinen Ohren wurde stärker. Benommen schüttelte Clive den Kopf. Nein, es waren nicht seine Ohren, in denen sich dieser Bienenschwarm eingenistet zu haben schien. Das Geräusch kam aus dem hinteren Teil des havarierten Shuttles.

"Das Paket!", entfuhr es Clive. Er ließ den Laserbrenner fallen und humpelte der geöffneten Cockpittür entgegen.

Das Bild, welches ihn in dem schmalen Gang zum Laderaum empfing, war nicht viel besser als hier vorne in der Pilotenkanzel.

Das Summen wurde noch lauter und wurde nun von bedrohlichen Klacklauten begleitet. Was in drei Teufels Namen war das? Clive tastete an seiner Hüfte entlang. Seine Pistole war nicht da. Gehetzt schaute er zurück ins Cockpit. Unmöglich sie dort auf die Schnelle zu finden. Er musste improvisieren.

Clive griff nach einem kurzen Stück eines gebrochenen Stahlrohrs, welches einen der Monitore gekonnt in der Mitte durchstoßen hatte und zog es ruckartig heraus. Abschätzend wog er es in der Hand. Sollte reichen.

Mit der provisorischen Waffe näherte er sich langsam dem Frachtraum, voll konzentriert, keine unnötigen Geräusche zu produzieren.

Der Geruch, der Clive aus dem Raum entgegenströmte, war noch grauenhafter als der Geruch seines verbrannten Fleisches.

Klack-Klack! Klack!

Clive hielt den Atem an.

Klack! Knarrz!

Langsam beugte sich Clive vor.

Klack-Klack!

Der Anblick war bizarr und furchterregend.

Clive zog sich in seine Deckung zurück und atmete ganz langsam aus.

So ein Wesen hatte er noch nie gesehen. Ratlos blickte er auf das Rohr in seiner Hand. Er musste es versuchen. Das Paket. Alles wäre umsonst gewesen.

Clive versuchte klar zu denken. Den Chitinpanzer des insektenartigen Wesens dort drinnen zu durchdringen, würde nicht leicht sein. Ein eiskalter Schauer lief Clive den Rücken hinunter. Er würde auch nur eine einige Chance haben, bevor ihn die scherenartigen Klauen des Monstrums in zwei Hälften schneiden würden. Er schloss die Augen und dachte nach. Ein Versuch. Ein einziger Versuch würde zwischen Leben und Tod entscheiden. Er hatte eine Idee, wie er diesen einen Versuch angehen würde.

Clive öffnete die Augen. Sein Griff um das Metallrohr verstärkte sich. Er zwang sich zur Ruhe. Dann schwang er sich um den Türrahmen herum und stürmte in den Raum.

Augenblicklich drehte sich das mannshohe Insekt um. Seine beiden Facettenaugen erfassten den heranstürmenden Mann. Die Beine des Wesens suchten nach einem festen Stand für die Abwehr des drohenden Angriffs; Klack-Klack. Die Scheren öffneten sich bedrohlich und richteten sich auf Clive aus.

Dieser tauchte blitzschnell ab. Mit den Füßen voran rutschte er über den Boden. Er glitt unter das Monster. Eine Scherenklaue sauste knapp an seinem Kopf vorbei. Eines der Insektenbeine hob sich. Der Fuß verjüngte sich zu einer tödlichen Spitze. Das Bein sauste wieder herab. Clive drehte sich zur Seite. Klack!

"Ahhh!"

Ein glühendes Eisen schien über Clives Rücken zu fahren. Clives Sicht verschwamm. Die Tränen sprangen ihm in die Augen. Er biss die Zähne zusammen. Nicht aufgeben! Er packte das Bein, welches über seinen Rücken gefahren war, mit der linken Hand und zog sich unter dem Monster in Position.

Ein unheimliches Fauchen entfuhr dem Wesen.

Clive richtete die Stange in seiner Rechten aus. Er spannte die Muskeln an ... und stieß mit aller Macht zu.

Das Metall traf auf den Unterleib des Monsters. Knack!

Clive spürte den brechenden Widerstand der

Panzerung.

Das Insekt heulte qualvoll auf.

Clives Hand machte einen heftigen Ruck nach oben, als sich das Metall in den Unterleib des Wesens bohrte.

Grünes schleimiges Blut schoss aus der Wunde hervor. Der gellende Todesschrei des Monsters drohte Clives Trommelfell zu zerreißen. Ziellos trampelte das Wesen mit den Beinen herum. Ein letzter Versuch den Angreifer mit in den Tod zu reißen.

Clive zog beide Arme eng an den Körper und versuchte dem wilden Getrampel auszuweichen.

Klack-Klack ... Klack ... Das Monster begann zu taumeln. Sein Fauchen glich mittlerweile nur noch einem leisen und traurigen Säuseln.

Klack.

Ein letztes Mal musste sich Clive zur Seite rollen. Dann fiel das Monster vornüber und schlug hart auf dem Boden auf.

Ein letztes Röcheln entfuhr dem zappelnden Körper, dann verkrampften die Muskeln des Wesens und Stille kehrte in den Raum ein.

Schmerzvoll stöhnte Clive auf. Vorsichtig fuhr er mit der linken Hand über seinen Rücken. Die Wunde, die ihm das Monster zugefügt hatte, fühlte sich seltsam an; irgendwie schleimig und glitschig. Clive zog die Hand zurück nach vorne und betrachtete sie. Eigentlich hätte er erwartet, sein eigenes Blut an seiner Hand kleben zu sehen. Doch stattdessen wurde sie von einem grünen geleeartigen Film überzogen. Das Zeug schien kleine Bläschen zu werfen. Fast augenblicklich verwandelte sich der brennende Schmerz in seinem Rücken in ein unangenehmes Jucken.

Die Erkenntnis presste Clives Herz zusammen; das Mistvieh hatte ihn vergiftet!

Der Kasten! Der Erste-Hilfe-Kasten! Clives Sicht verschwamm. Er schloss die Augen und rieb sie mit Daumen und Zeigefinger der rechten Hand. Das Atmen fiel ihm schwer. Das Herz pochte wie wild. Clive grunzte.

Seine Mission ... Er durfte nicht ... Emily ... Das Gesicht seiner Tochter blitze kurz hinter den verschlossenen Augen auf. Wenn er versagte, würde auch sie sterben.

Wilde Entschlossenheit kämpfte sich den Weg in Clives Geist. Nicht hier! Nicht hier und jetzt! Hier würde er nicht sterben und versagen!

Clive öffnete die Augen. Er wankte auf die Tür zu. Am Rahmen machte er Halt. Er atmete so tief durch wie er nur konnte mit seiner schmerzenden Lunge.

Weiter! Er musste weiter!

Er ließ den Rahmen los und taumelte unsicher in den Gang. Er begann die Orientierung zu verlieren. Seine Sicht wurde immer verschwommener. Clive hörte seinen ungleichmäßigen Puls in den Ohren hämmern. Langsam näherte er sich dem Cockpit. Er stolperte und schlug hart auf dem Kabinenboden auf. Der Kasten! Wo war der Kasten? Clive tastete die Konsole ab, neben der er zu Fall gekommen war. Dort oben lag etwas Metallisches. Clive schaffte es nicht aufzustehen. Wenige Millimeter fehlten. Nur wenige Millimeter und er würde den Kasten zu packen kriegen.

Clives Hals schnürte sich zu. Er bekam keine Luft mehr. War das das Ende?

Seine Fingernägel kratzten über das Metall, das Rettung versprach. So nah und doch so fern. Clive setzte alles auf eine Karte. Mit letzter Kraft verpasste er der Konsole einen Tritt. Entweder der Kasten kam zu ihm oder rückte weiter in die Ferne. Die Konsole vibrierte und Clive tastete ... über den Kasten, den er nun zu packen bekam. Seine Finger krallten sich an ihn wie die Klauen eines Raubtieres. Clive zog den Kasten heran. Er fiel von der Konsole und schlug ihm auf den Schädel. Doch Clives Sinne waren bereits soweit betäubt, dass er das nur kaum wahrnahm.

Clive öffnete den Kasten und wühlte nach der lebensrettenden Ampulle. Da war sie! Clive schickte ein kurzes Stoßgebet gen Himmel. Hoffentlich wirkte das Universalgegengift. Dann rammte er sich das Mittel ziellos in den Hals. Tiefe Schwärze legte sich wie ein schwerer Mantel über Clives Bewusstsein.

Der nächste Tag ließ noch auf sich warten, als Clive endlich wieder erwachte. Ein leichter Windhauch ließ die Blätter der umliegenden Vegetation sanft rascheln; die perfekte Grundlage für das auf- und abschwellende Zirpen und Heulen der nachtaktiven Tiere. Ein leichtes Frösteln durchfuhr Clives Körper. Seine Hände zitterten unruhig. Doch nicht vor Kälte. Nein, sie schienen regelrecht zu glühen.

"Verdammt!", stöhnte Clive und rieb sich die schmerzenden Hände. Das musste mit dem Gift zusammenhängen. Leicht benommen stand Clive auf und spürte dabei jeden Muskel und jede Sehne. "Argh!"

Mit wackeligen Beinen ging er zum Laderaum. Der faulige Verwesungsgestank wies ihm auch in der Dunkelheit sicher den Weg. Angewidert verzog Clive das Gesicht. "Ist das ein Gestank."

Durch die zerborstene Ladeluke drang fahles Mondlicht ins Innere des Raumes und gab die graue Silhouette des toten Insektes preis. Vorsichtig trat Clive mit der Fußspitze gegen den Torso des Wesens. Nichts. Es war und blieb tot. Als hätte Clive etwas ganz Anderes erwartet, löste sich der Knoten in seiner Brust und er atmete erleichtert und lange aus.

Was war das? Clive horchte auf. In das sanfte Konzert des Dschungels mischte sich plötzlich noch etwas anderes. Etwas Monotones und nicht hierher Gehörendes. Es war noch leise und weit entfernt, näherte sich aber schnell. Clives Verstand war hellwach. Motoren. Ionenmotoren. Sie hatten ihn gefunden. Clives Puls beschleunigte. Die Zeit spielte gegen Clive. Die Zeit und seine Verfolger. Wenn Clive versagen würde, wäre das der Tod für so Viele. Er musste es schaffen!

Clive humpelte an dem toten Insekt vorbei und kam neben dem Wandtresor an der gegenüberliegenden Seite zum Stehen.

Er betätigte das Bedienfeld, welches durch seine Berührung anfing in der Dunkelheit zu leuchten wie eine kleine bläuliche Sonne. Clive musste blinzeln. Seine geweiteten Pupillen verengten sich schlagartig.

Als er sich endlich an das Licht gewöhnt hatte,

welches ihm nun vielmehr wie der schwache Schein einer blauen Kerze vorkam, tippe er die Zahlenkombination des Safes ein. Ein leises Klacken erklang, als der massive Bolzen zurücksprang und die kleine Tür sich öffnete.

Eine kleine graue Schachtel war der einzige Inhalt. Clive schaute sie an. Von diesem kleinen Paket sollte also die Zukunft seines Volkes abhängen ... seine Zukunft ... Emilys Zukunft. Ein schwerer Klos bildete sich in Clives Hals.

Unaufhaltsam näherte sich der bedrohliche Motorenlärm.

Keine Zeit zu verlieren; Clive schluckte den Klos hinunter und schnappte sich das Paket. So leicht war es und doch so mächtig. Die schiere Kraft, die in dem kleinen Behälter schlummerte, machte Clive Angst und Hoffnung zugleich.

Clive erreichte die offene Frachtluke und starrte in die Tiefe. Verdammt! Sein Gleiter musste ausgerechnet in den Baumwipfeln hängen bleiben. Nicht genug, dass er nun klettern musste, nein, seine Verfolger würde auch keine Mühe haben, sein Schiff zu finden.

Ein dunkles Fauchen entwich Clives Kehle. Prüfend stampfte er mit dem verletzten Bein auf. Das leichte Pochen signalisierte ihm, dass die Wunde schon recht gut verheilt war. Doch die ersten zaghaften Sonnenstrahlen, mahnten ihn zur Vorsicht. Mit zusammengekniffenen Augen starrte er den rotgelben Schimmer am Horizont an. Während er dem unliebsamen Gestirn einen stummen Fluch entgegen warf, befestigte er das kleine Paket an

seinem Gürtel. Dann holte er tief Luft und sprang.
Clive rauschte durch die Luft wie ein wilder Affe. Er
bekam den Stamm des gegenüberliegenden Baumes
zu fassen und umklammerte ihn. So weit, so gut.
Vorsichtig machte er sich an den Abstieg. Erst
langsam und dann immer schneller, im Einklang mit
dem Lauterwerden des Motorenlärms über den
Baumkronen.

Gerade rechtzeitig erreichte er den Boden. Der
Gleiter war genau über ihm. Clive konnte die Seile
sehen, die herabgelassen wurden. Jede Sekunde
würden sich daran die Soldaten des Enterkommandos
abseilen und sein havariertes Schiff stürmen. Clive
wendete den Blick ab und lief los. Das Dickicht
hinderte ihn daran, besonders schnell
voranzukommen, dafür bot es ihm aber auch einen
unbezahlbaren Sichtschutz.

Clive lief, bis er vor Erschöpfung fast
zusammenbrach. Er keuchte und hustete, als er es
sich endlich gestattete stehen zu bleiben und sich an
einen umgestürzten Baumstumpf zu lehnen. Leichter
Schwindel trübte sein Denkvermögen. Das mussten
die Nachwirkungen des Giftes sein. Clive spürte, wie
sich sein Magen begann umzudrehen. Er beugte sich
über den Baumstamm und begann zu würgen.

Als sich wieder die Nacht über den fremdartigen
Dschungel gelegt hatte, begann auch endlich der
Schwindel in Clives Kopf abzuflachen.

Clive spürte förmlich, wie jede Faser seines Körpers

mit der unbändigen Kraft der Dunkelheit aufgeladen wurde.

Die Zeit zum Handeln rückte Näher. Zeit ... Zeit war ein Luxus, ein knappes Gut, von dem Clive nicht sehr viel besaß. Seine Hand glitt an seinen Gürtel und weiter an das kleine Paket, welches dort baumelte und umfasste es. Ganz vorsichtig und sachte, um den Geist der darin schlummerte nicht zu erzürnen. Den Geist der machtvollsten Kraft, die sein Volk je erschaffen hatte. Leicht wie eine Feder, klein wie ein Kinderspielzeug und doch so energiereich wie eine Sonne. Der kleine Behälter, gefüllt mit Antimaterie, war die letzte Hoffnung.

Clive saß auf einer Erhebung über dem Blätterdach des Dschungels und schaute hinauf in den dunklen Himmel. Mit bloßem Auge konnte er die Trümmer sehen. Die Trümmer, die einst Geborgenheit und Heimat bedeutet hatten. Ein eiskalter Schauer lief Clive den Rücken herab. Wie viele waren gestorben und wie wenige hatten überlebt? Das rot glühende Gestein seines Heimatplaneten driftete unaufhaltsam auseinander. Der ehemals flüssige Eisenkern der toten Welt erstarrte langsam in der Kälte des Weltraums und bildete eine Vielzahl an kleineren Gesteinsbrocken. Eine Katastrophe, die keine Katastrophe war, sondern der feige Anschlag unwürdiger Kreaturen. Wie sehr Clive doch die Menschen hasste. Und nicht erst seit den Tagen des Aufstands, die ihr unerwartetes Ende in der Vernichtung seiner Heimat gefunden hatten. Das bittere Schicksal hatte sich gedreht; aus stolzen Jägern waren verängstigte Gejagte geworden.

Seine Finger glitten immer noch über den wertvollen Behälter. Er musste die Energiequelle unbedingt zu seinem Schiff bringen, welches einer Arche gleich, mit den spärlichen Überlebenden seiner Sippe, im Orbit des rotstaubigen Nachbarplaneten seiner einstigen Heimat schwebte. Ohne den Energiebehälter, den Clive unter Einsatz seines Lebens hatte stehlen können, war das havarierte Schiff verloren. Er hoffte, dass es nicht sowieso schon zu spät war und die Menschen bereits das Schiff geortet hatten. Doch diesen Gedanken musste Clive eliminieren, wenn er auch nur den Hauch einer Chance haben wollte. Hoffnung war jetzt das Einzige, was ihn retten konnte.

Clive hatte bereits das Lager der Menschen gesichtet. Ihr Lagerfeuer flackerte auf der fernen Lichtung. Wenn er Glück hatte, würde sich dort auch ihr Shuttle befinden. Clives Plan war eigentlich recht simpel. Anschleichen, die Soldaten töten, das Shuttle stehlen und zurück zu seinem Schiff fliegen. Mit der Dunkelheit und dem Überraschungsmoment auf seiner Seite und natürlich einer gehörigen Portion Glück, würden sie sich alle schon bald auf dem Weg zur rettenden Anomalie befinden. Oder in den sicheren Tod, falls sich sein Bruder irrte und das Wurmloch instabil war.

Auch diesem Gedanken durfte Clive nicht verfallen. Er musste jetzt stark sein, tödlich und präzise. Für Emily und all die anderen, die sich auf ihn verließen.

Entschlossen stand Clive auf und machte sich an den Abstieg, hinein in den Dschungel und hin zum Lager der Menschen. Bald würde sich sein Schicksal erfüllen.

"Warum lassen wir den Mistkerl nicht einfach
langsam krepieren?" Der glatzköpfige Mann kratzte
sich nachdenklich am Kinn. "Ich meine, ohne Schiff
kommt der hier eh nicht weg. Und irgendeins der
Viecher macht den Job schon für uns."

"Willst du dein Leben drauf verwetten?"

Mit finsterem Blick schaute der Glatzkopf die Frau
auf der anderen Seite des Lagerfeuers an.

Ebenso finster stierte sie zurück.

"Unser Job ist es, ihn zu erledigen und das tun wir
auch. Ende der Diskussion!", sagte die dritte Person in
der Runde, ein hagerer Mann, mit betongrauen
Haaren und einer Aura der absoluten Autorität.

Vermutlich der Kommandeur der Einsatztruppe,
dachte Clive, der sich nah ans Lager herangepirscht
hatte und sich in einem Busch außerhalb des
Feuerscheins versteckt hielt. Seine Augen löcherten
die umliegende Dunkelheit und wanderten zwischen
Lagerfeuer und Shuttle hin und her. Wieso waren hier
nur drei Feinde? Wo war der Rest der Einsatztruppe?
Das Shuttle wirkte zumindest dunkel und leer. Dieses
könnte allerdings auch ein Trugschluss oder eine, von
den Menschen, bewusst gelegte Falle sein. Vielleicht
lauerte dort drinnen ja der Tod, in Form eines bis an
die Zähne bewaffneten und einsatzbereiten
Kommandos.

Clive überschlug seine Möglichkeiten im Kopf. Viele
waren es nicht. Sich in den Wald zurückziehen,

verstecken und damit die Chance verspielen, seinen Clan zu retten und auf alle Zeiten auf diesem Planeten festzusitzen. Oder aber er wagte es, hier und jetzt zu kämpfen; den sicheren Tod vor Augen, mit der wagen Hoffnung es doch lebend an Bord der Fähre zu schaffen.

Clive sah seine junge Tochter vor seinem inneren Auge. Sah, wie ihr havariertes Schiff geentert wurde. Hörte ihre verzweifelten Schreie. Roch ihr verbranntes Fleisch.

Nein!

Das konnte er nicht zulassen! Hier würde es sich entscheiden! Hier und jetzt!

Er löste den wertvollen Behälter von seinem Gürtel und legte ihn sicher zu Boden.

Dann starrten seine Augen zum Feuerschein hinüber.

"Ist noch was da?" Der grauhaarige Mann deutete auf die verbeulte Kanne, die auf einem provisorischen Rost über dem Feuer stand.

Der Glatzkopf zuckte nur mit den Schultern, während sich die Frau vorbeugte, den Ärmel ihres Hemdes über die Hand zupfte, vorsichtig zur Kanne griff und sie schüttelte. "Jap." Sie ließ die heiße Kanne wieder los und lehnte sich zurück. Gleichgültig schaute sie Grauhaar dabei an.

Dieser raunte etwas Unverständliches und trat einen Schritt näher ans Feuer. Mitten in der Bewegung hielt er inne. Wie ein Raubtier auf der

Pirsch hob er den Kopf.

"Was ist?" Ein mulmiges Gefühl beschlich Glatze. Der Alte hatte es im Gefühl, wenn was faul war. Und dass dieser jetzt so aufmerksam die Gegend mit seinen Blicken absuchte, gefiel ihm ganz und gar nicht. Langsam wanderte seine Hand zu seinem Gewehr, welches direkt neben ihm lag.

Die Augen der Frau weiteten sich. "Da!", schrie sie auf. Ihr Arm begann sich zu heben ... und fiel schlaff herunter. Ein blubberndes Geräusch war das Letzte, was sie von sich gab. Das bleiche Gesicht starr vor Schreck. Die Augen leicht gesenkt. Doch den spitzen Stock, der ihre Kehle durchbohrte, konnte sie schon nicht mehr klar erkennen. Unter sanftem Stöhnen sackte ihr Körper zur Seite.

"Verdammt!", schrie der Glatzkopf und richtete sein Gewehr auf Clive.

Unter lautem Krachen verließ das Projektil den Lauf. Um Haaresbreite verfehlte es Clives Kopf und schlug in einen nahen Baumstumpf ein. Holz splitterte durch die Luft.

Grauhaar hatte bereits ebenfalls seine Pistole gezogen, gab allerdings noch keinen Schuss ab. "Bleib stehen!", zischte er, während er versuchte Clive ins Visier zu nehmen.

Doch dieser war zu schnell. Clive nahm einen weiteren Baum als kurzfristige Deckung, wirbelte aber sofort wieder hervor. Er fixierte den Anführer. Dann drückte sich Clive mit aller Macht vom Boden ab.

Jetzt löste sich auch endlich ein Schuss aus der Pistole des Grauhaarigen. Doch auch dieses Projektil verfehlte sein Ziel.

Clive kam neben dem Mann zum Stehen. Dieser versuchte ihn abzuwehren. Doch Clive war schneller. Er bekam seinen Waffenarm zu packen, riss ihn hoch und brachte die Mündung gewaltsam in Position. Nun zeigte sie direkt auf den Kahlkopf, der nicht wusste, ob er nun schießen sollte oder nicht. Die Gefahr, seinen Boss zu treffen hielt ihn ab.

"Los! Schieß!", brüllte Grauhaar.

Doch es war Clive, der es zuerst schaffte seine Finger in den Unterarm des Mannes zu stechen. Präzise traf er die Sehne und der Zeigefinger des Mannes krümmte sich.

Die Augen des Glatzköpfigen weiteten sich vor Schmerz. Aus dem Loch, mitten auf der Stirn, spritze schwallartig das Blut. Kraftlos ließ er das Gewehr fallen und kippte nach vorn.

Schmerzgeplagt schreite der grauhaarige Mann auf. Dann fiel auch seine Waffe zu Boden.

Clive hielt den Mann noch in eisernem Griff. Flüchtig schaute er zur Fähre. Dort war immer noch alles ruhig. Er konnte sein Glück kaum fassen. Scheinbar war der Rest der Truppe auf Patrouille.

"Du Dreckskerl!", fluchte der Mann, der verzweifelt versuchte, sich aus Clives Griff zu lösen.

Amüsiert schaute Clive auf seine Beute. Er konnte den Angstschweiß des Mannes riechen ... und den süßen Duft seines Blutes.

Clive fauchte. Er riss den Kopf des Mannes nach hinten und entblößte so dessen Hals. Dann bleckte Clive seine spitzen Reißzähne und schlug diese in die Halsschlagader des Mannes.

Süß, herrlich und lebendig schmeckte das Leben,

welches er aus dem Körper des Mannes saugte. Clive spürte, wie mit jedem Tropfen des roten Saftes seine Kräfte zurückkehrten.

Seine Augen pulsierten vor Leben, als er den erschlafften Körper des Mannes zu Boden sinken ließ. Er schaute kurz zum Shuttle. Keine Zeit verlieren! Clive hob die Pistole des Toten auf und klemmte sie in den Hosenbund. Man konnte ja nie wissen. Dann lief er zu dem Gestrüpp, wo er den Antimateriebehälter deponiert hatte und nahm die wertvolle Fracht an sich. Er schnaufte kurz, bevor er sich auf den kurzen Weg zur Raumfähre machte. An der Eingangsluke hielt er kurz inne und zog wieder seine Waffe. Ein mulmiges Gefühl beschlich ihn.

Doch sein Verstand wischte den Gedanken, dass dort jemand auf ihn lauern könnte, beiseite. Unwahrscheinlich, dass dieser Jemand seinen Kameraden nicht geholfen hätte.

Trotzdem tastete er sich ganz langsam in das Shuttle, die Waffe ständig im Anschlag. Nachdem er die gesamte Fähre durchsucht hatte, ohne angegriffen zu werden, fiel die gesamte Anspannung ab. Seine Überlebenschancen, und die seines Clans, waren soeben sprunghaft gestiegen.

Clive durfte jetzt aber keine Zeit mehr verlieren. Davon hatte er weiß Gott schon mehr als genug verprasst. Er eilte zum Cockpit und setzte sich auf den Pilotensitz. Seine Waffe und den wertvollen Behälter legte er auf dem Platz des Copiloten ab. Flüchtig überflog Clive die Armaturen; diesen Schiffstyp hatte er schon häufig geflogen und er würde es wohl auch schaffen diesen Vogel in die Luft zu bekommen, wenn er blind, taub und sturzbesoffen gewesen wäre.

Die Andeutung eines Lächelns hellte seine Miene auf, als er die Landetriebwerke zündete und sich das Shuttle langsam in die Luft hob. Gleichzeitig flackerte eine Warnleuchte auf; die Außenluke war noch geöffnet. Mit einem kurzen Tippen auf die Kontrollleuchte entledigte sich Clive dieses Problems. Das Brausen des Windes wurde leiser und verstummte, als sich die Luke mit leisem Knarzen schloss.

Das Shuttle war bereits über den Baumkronen. Zeit die Haupttriebwerke zu zünden und in den Steigflug zu gehen. Die Beschleunigung presste Clive in seinen Sitz, als das kleine Schiff ruckartig beschleunigte und in den Himmel schoss. Die anfänglichen Vibrationen wurden sanfter, je niedriger der Luftdruck wurde und als sich das Schiff endlich aus den oberen Schichten der Atmosphäre befreit hatte, verebbten sie gänzlich.

Clive entdeckte sein Ziel fast augenblicklich. Der kleine rot schimmernde Punkt hob sich von den üblichen funkelnden Sternen ab wie die rote Nase eines Säufers von seinen trüb dreinschauenden Augen. Es war nur ein kurzer Sprung zum staubigen Planeten, in dessen Umlaufbahn sich das Schiff seines Clans befand, gut versteckt hinter einem der beiden kleinen Monde. In ein paar Minuten würde Clive seine Tochter wieder in die Arme schließen und gemeinsam würden sie endlich dieses Sonnensystem verlassen können. Dieses Sonnensystem, das einmal ihre Heimat gewesen war. Ihre Heimat ... ein Planet, von dem nur noch Trümmer übrig waren, ein schöner neuer Asteroidengürtel und ein Mahnmal dafür, sich nicht in die Schöpfung einzumischen. Clive hasste diese Menschen. Oh ja, er hasste sie.

Ein kurzes Signal riss Clive aus seinen Gedanken. Der Computer hatte den Sprung fertig berechnet, es konnte losgehen. Clive sog die Luft ein und betätigte den Sprungknopf.

Das wundersame Spiel aus verzerrten Sternen und tanzenden Lichtreflexen währte nur wenige Sekunden, als das Shuttle in unmittelbarer Nähe des rotstaubigen Planeten wieder in den Normalraum eintrat. Lahmu war eine unwirtliche Welt, erst recht nachdem das Terraformingprojekt kurz nach Ausbruch des Krieges eingestellt worden war. Wie passend dachte sich Clive, der Krieg hinderte den Gott des Krieges, für den seine Vorfahren den Planeten gehalten hatten, an der Entwicklung zu einer blühenden Welt.

Clive aktivierte den Transponder und schickte eine verschlüsselte Botschaft hinaus ins All. Hoffentlich kam er nicht zu spät.

Statisches Rauschen erklang aus den Lautsprechern. Nach einer gefühlten halben Ewigkeit ertönte ein kurzes Knacksen, gefolgt von einer wohlbekannten Stimme: "Clive! Endlich! Wir haben schon mit dem Schlimmsten gerechnet."

Die Erleichterung, die Clive spürte, war unendlich. Sie waren noch am Leben. Für einen kurzen Moment schloss er die Augen und entspannte sich. Langsam pustete er die Mischung aus Angst, Sorge und verbrauchter Atemluft aus seinem Mund hinaus.

"Clive? Hörst Du mich? Clive?" Gertros Stimme wurde nervös.

"Ja, laut und deutlich, du alter Schweinehund!"
Beide Männer fingen an zu lachen.
"Du hast uns ganz schön lange warten lassen. Fast hätten uns diese Primaten erwischt."
Jetzt würde alles gut werden. "Ich schick' euch die Koordinaten meines Anflugvektors. Schau, dass du einen günstigen Rendezvouspunkt findest, um mein Shuttle aufzunehmen!"
"Geht klar. Ach ... hier ist auch jemand für dich."
Clives Herz stockte kurz.
"Papa?"
Und dann drohte es vor Glück förmlich zu explodieren. "Emily!" Tränen sammelten sich in seinen Augen und ließen die Sicht leicht verschwimmen. Mit dem Handrücken wischte er sie weg und blinzelte. Hinter Lemru, einem der beiden Monde des staubigen Planeten, tauchte langsam das schwerfällige Schiff auf, welches den letzten Sinn in seinem Leben beherbergte.
"Emily, mein Schatz, ich bin bald zurück."
"Papa, ich habe Angst."
"Du brauchst keine Angst zu haben. Alles wird gut." Clive konnte die großen braunen Kulleraugen seiner Tochter förmlich vor sich sehen, wie sie sich mit Tränen zu füllen drohten.
Ein schwaches Glitzern funkelte auf. Ein winziges aber dennoch sichtbares Glitzern inmitten des Meeres aus Sternen, wenn man wusste, wohin man schauen musste. Das Wurmloch jenseits des großen Gasriesen, welcher höhnisch auf Clives zerstörte Heimatwelt zu blicken schien, ließ in Clive das zarte Gefühl der Hoffnung aufkeimen. Auch wenn diese

Anomalie noch nicht ausreichend erforscht war, hoffte er, dass sein Bruder recht hatte und sie den Sprung durch diesen Schlund überstehen konnten. Nein, er hoffte es nicht, er wusste es einfach.

Doch, wo auch immer die Reise hinführen mochte, die Flucht vor ihren Feinde würde sie wohl für lange Zeit dazu zwingen tief in den Schatten zu wandeln und ein Leben im Verborgenen zu führen.

"Du brauchst keine Angst zu haben", wiederholte Clive leise, "alles wird gut."

- Ende -

Kalt, präzise, tödlich - Desturia ist die Frau für Aufträge jenseits der Legalität. Doch der letzte Auftrag steht unter keinem guten Stern. Gehetzt von den Schergen ihres Feindes, beginnt eine Reise, die sie tief in die eigene Vergangenheit und quer durch die Galaxie führt, auf der Suche nach den uralten Geheimnissen ihres Volkes.

Erschienen bei BoD - Books on Demand
ISBN: 978-3-7448-3627-2